よき人、よき言葉
との出逢いが

縁尋機妙《えんじんきみょう》

わが人生を
導いてきた

Satoshi
Ōmura
大村 智

致知出版社

縁尋機妙　多逢聖因

良い縁がさらに良い縁を尋ねて
発展していく様は誠に妙なるものがある―
これを縁尋《えんじん》機妙《きみょう》という。
また、いい人に交わっていると
良い結果に恵まれる―
これを多《た》逢《ほう》聖《しょう》因《いん》という。
人間はできるだけ
いい機会、いい場所、
いい人、良い書籍に会うことを
考えなければならない。

安岡 正篤師

『師と友』より

はじめに

二〇一七年には、これまでのエッセイをまとめて二冊のエッセイ集「自然が答えを持っている」と「人間の旬」を立て続けに上梓した。その後も、どうしても書き残したいことがあったり、寄稿の依頼を受けるなど、折に触れて浮かんでくる事柄を自身の心の遍歴として残しておくような意図もあって、エッセイを書いてきた。

これまでに科学のこと、美術のこと、経営のことなど、多岐にわたる仕事の中で、色々な経験を通して、書き残したい気持ちが湧いてきて、思うがままに書き残す習慣ができていた。しかし、ノーベル賞受賞後は、エッセイを書くことよりも対談やインタビューなどが増え、これらも心の遍歴に加えることにすると、一冊の本ができると考えている折に致知出版社からのお誘いもあって、「縁尋機妙」と題してエッセイを中心とする本を上梓する運びとなった。

エッセイをよくした実業家で政治家でもあり、また民俗学者としても知られる渋沢敬三氏は、エッセイを書き続けると、話題が集まってくるといった言葉を残されている。その言葉を実感しているこの頃であるが、近年はそれも限られた時間となり、物事を想うように拾い上げることもできておらず、まとまりのないものになった感は否めないが、少しでも読者と思いを共有することができれば幸いである。

III コロナの時代と人類の未来

IV 有生の楽しみ

I

私が歩んできた道

インタビュー

わが人生の原点

韮崎の実家で家族と（1938 年）。
前列左から２人目が筆者

◉丙午生まれの負けじ魂

――大村さんがお小さいころ、お母さまは小学校の先生をしていらしたそうですね。

大村　当時の女性としては、ほぼ最高の教育を受けたと言っていいと思います。というのも、母は一九〇六（明治三十九）年、丙午《ひのえうま》の生まれなんですよ。丙午生まれの女性は気性の激しさで夫の命を縮めるという迷信が生きていた時代ですから、母方の祖父が行く末を案じて、この子には仕事を持たせなければと考えたようです。母もそれに応えて、家から学校まで六キロの道のりを毎日歩いて通い、教員免許を取っていくんですね。

──そして、ご結婚もされた。

大村　父は農家の長男でしてね。尋常小学校時代に功力金二郎《くぬぎきんじろう》さん（故人・世界的数学者）と成績を競うほど優秀だったらしいですが、十八歳で父親に死なれて進学できず、通信教育で勉強を続けたんです。古風なところもあったけど、丙午うんぬんという面では近代的な考えの持ち主でした。本人は「嫁に行けないお母さんを俺がもらってやった」と言っていましたけど（笑）。その父と結婚したあとも母は教員を続けて、二人で力を合わせて我々きょうだい五人を育ててくれました。

母の職場は隣村にあって帰りも遅かったですから、小さいころは母と話をした記憶があまりありません。ただ、私が朝起きると、洗濯物が所狭しと干してありましてね。「お母さんはもうこれだけの仕事をして出かけていったんだ」と、子ども心にわかっていました。食事の支度は祖母が引き受けてくれていましたが、姑《しゅうとめ》に気を遣いながらも、ほかの家事は母がこなしていましたね。

終戦の年になると、母は教員を辞めました。そこまで勤めれば恩給がついたからと言っていましたけど（笑）。父を手伝って畑仕事でもして過ごそうと思っていたようですが、これが手伝いでは済まない忙しさで。

それからの母の生きざまがすごいんです。最初は体力だってなかったはずなのに、何年かすると村のご婦人に負けないほど仕事をこなすようになりました。特に養蚕は、日記に克明な記録をつけましてね。質のいい蚕を育てる方法を村の人に教えるまでになって、「先生」と呼ばれていました。元学校の先生ではなく、養蚕の先生という意味でね。

養蚕業が戦後のピークを迎えていた時期で、いい現金収入になったのだと思います。両親が養蚕で稼いでくれたこと、それに母の恩給があったから、我々きょうだい五人は全員大学を卒業することができたんです。

◉科学者のDNA?

——そのお母様の日記について、大村さんはエッセイにこう書かれています。「蚕は気温、湿気などに左右されて成長が遅れたり、（略）特有の病気の発生をみる。（日記には）それらをどうして防ぐかや、桑の葉の与え方なども記入してあって、真に研究成果の記録である。それが通り一遍のものではなく、毎年毎年の様子を記述して欠くことがなかった」（大村智『人間の旬』毎日新聞出版）。

大村　すごいでしょ？　まさに科学者ですよ。

——そこまで研究熱心な方ですと、いわゆる教育ママでは？

大村　ところが、勉強しなさいと言われたことがないんですよ。それよりも農作業を手伝わせたいという思惑もあっただろうし、あるいは、がみがみ言わない教育方針があったのかもしれません。思い出すのは、絵に親しむ環境を作ってくれたことです。クレヨンやスケッチブックを買い与えてくれたり、ミレーなどバルビゾン派の絵をカレンダーか何かから切り抜いては、額に入れて勉強部屋に飾ってくれたり。自分の部屋にも飾っていましたから、そういうことは好きなようでしたよ。長じて私が絵の分野にも多少かかわりを持つようになったのは、母の影響だと思います。

◉よく遊んだ少年時代

——大村さんご自身は、将来何をしようとお考えだったのですか。

大村　長男でしたから、おやじの後を継いで農業だなと、ろくに勉強もせずスキーと卓球に明け暮れていました。父は私が後を継ぐことを望みつつも、これからの時代は農業だけでは立ち行かないと思っていたんでしょう。高校三年に進級したころ、私が盲腸で入院していたときに珍しく本を読む姿を見た父が突然、「智、勉強するつもりなら大学へ行かせてやるぞ」と言い出しまして。

それまで大学進学など考えてもいませんでしたから、めんくらいつつも急に目の前が開けたような気がしましてね。同級生に慌てて、「おい、大学ってどこにあるんだ？」と聞きました（笑）。すると、山梨大学が甲府にあるという。甲府なら通えるぞと、猛勉強しました。あの体力と集中力は、スキーをはじめ、スポーツが培ってくれたものでしょうね。

卒業生の七、八割は教職に就く学部でしたから、在学中は漠然と、中学か高校の先生になるんだろうなと。で、またスキーにのめり込んでいました。ですからね、弟たちがいまだにぼやくんですよ。「兄貴はおふくろの恩給をみんな滑っちゃった」と（笑）。弟たちがねだってもだめなのに、私がねだるとスキー合宿の費用を出してくれたりしたのでね。

――やはり、長男は特別にかわいい。

大村　どうなんでしょう。母に怒られた唯一の思い出があって、終戦前の物資のない時代、私が小学生のときに母が真新しい国語のノートを買ってきてくれましてね。私はそこにいきなりいたずら書きをしてしまいまして。あのときは本当に怒られました。

◉研究の道へ

――大学卒業後、東京で定時制高校の先生をされていた間に、転機が訪れたそうですね。

大村　昼間の仕事を終えてから一生懸命勉強する生徒たちの姿を見ていると、心穏やかではいられなかったんです。スキーに明け暮れてろくに勉強しなかった自分はどうなのだと。生徒たちに教えられて、「もう一度勉強し直そう」という気持ちになっていきました。

――教師を続けながら、東京理科大学の大学院で学ばれた五年間、お母さまとしてははらはらなさっていたでしょうね。

大村　「料理を作ってやる」なんて言い訳しながら、様子を見にきていましたけどね。選択としては、高校の先生を続けるか、研究者の道に入るか。父も心配だったのでしょう。息子のためにいろいろ調べたようです。結論は、高校の先生を続ければ校長ぐらいにはなれるかもしれないが、智の経歴では大学に残ってもせいぜい講師どまり。なぜなら、日本はそういう社会だからと。そこで私の中に反骨精神が芽生えまして、

「だったら、日本じゃなく海外を相手にすればいい」。そう言って、研究の道に進みました。

ただね、帰省した折に風呂で母親の背中を流したりすると、年を取ったなあ、背中が小さくなってきたなあと感じるんですよ。すごく寂しくてね。「そばにいてやらなきゃいけないかなあ」と思ったこともありました。

——でも、そばにいたら今の大村智さんはいなかったわけですから。

大村　母には泣いてもらったということになるのかもしれないですね。ですが両親は、私の研究成果や受賞が報じられると、新聞記事を切り抜いていたようです。亡くなったあと、菓子箱にたくさんためてあるのが見つかりました。言葉には出さなかったけれども、成長を見守っていてくれたんですね。恩返しができたとすれば、両親のために（故郷の山梨県）韮崎《にらさき》に家を新築したことくらいでしょうか。

◉母の声、母の姿、母の言葉を胸に

——お母さまに感謝することはたくさんあると思いますが、振り返っていちばんありがたかったのはどういうことでしょうか。

大村　母は一九九八年に九十二歳で亡くなりましたけれども、晩年は骨折がもとで車いす生活になりましてね。同時期に父も同じような状況になったので、やむなく母だけ施設に預けたんです。会いにいくたびに「うちに連れて帰ってくれ」と言っていましたので、申し訳ない気持ちのほうが強くて。

感謝したいことはと聞かれれば、あれもこれもということになるんですけれども。学生時代によく、寝坊して髪がボサボサのまま出かけようとする私を、母が「ちょっと待って、ちょっと待って」と言いながらくしを持って追いかけ回しましてね。風で髪が乱れたりすると今も、あの母親の声と姿を思い出します。

――いいお母さまですね。

大村　そう思います。教員時代、母は日記に、「教師の資格とは免状ではなく、自分自身が絶えず進歩していることだ」と書いているんですよ。母のこの言葉を原点に、世の中のためになるような勉強を続けます。今は忙しくてなかなかできませんが、ビニール袋は絶えず持ち歩いて、機会あるごとに土を採集するようにしていましてね。研究の心構えを研究室の人に知ってもらうためにも、私が率先してやらなければね。

（聞き手――遠藤ふき子／ラジオ深夜便）

インタビュー

私の半生を振り返って

【一】人のために役立つことを

◉分離・分析という基礎

農家の長男として実家を継ぐ宿命もあった中、父の許しで山梨大学学芸学部自然科学科に入学。化学の実験では、持ち前の体力と手先の器用さから、クロマトグラフィを使った脂肪酸の定量測定で群を抜いた存在だった。

――クロマトグラフィは私たち臨床検査技師にもなじみのある検査機器のひとつです。

大村　一番よかったのは、山梨大学に当時はマイスター制度があって、入学するとすぐに丸田銓二朗《せんじろう》教授の研究室に割り振られ、いつ行っても化学の実験ができたことです。昼はスキーをやったりしていたので、夕方や夜でも実験ができました。臨床検査で分析というのは非常に重要な技術のひとつですよね。化学でも分離とか分析というのはまさに基礎で、そういう基礎が学べたと思います。

――ご卒業後は、「昼間の時間を自由に使えるから」と、東京都立墨田工業高校の夜間教師となり、物理、化学だけでなく、体育まで教えられたというエピソードにも驚きました。夜間定時制で懸命に学ぶ生徒に触発されて先生ご自身も学び直そうと決心されたそうですが。

大村　当時は苦学生の時代でしたね。夜間高校で教えていたのですが、大学に行き直そうと最初は東京教育大に一年間、聴講生として、その後は、東京理科大で昼間勉強して、夕方になると高校に教えに行って、授業が終わってから、また大学に戻って実験をするという生活をしていました。

――それは毎日ですか。平日も、ですか。

大村　平日も戻って実験です。「これは」という場合は、土曜日と日曜日、そして月曜日に高校へ出かけるまでの時間、寝袋を持ち込んで実験をやりながら、ちょっと仮眠をしてまた実験をするということをやっていましたね。

◉文子さんとの出会い

――二十四時間、休む間もなく熱心に取り組まれる先生の姿は評価され、東京理科大学八十周年記念式典で祝辞を頼まれ、その草稿は、後に奥様となる秋山文子さんが毛筆で清書されました。

大村　糸魚川《いといがわ》（新潟県）出身の墨田工業高校の教頭先生が「糸魚川に研究者と結婚したいという女性がいる」と紹介してくれました。あまり熱心なので「では、お目にかかりましょうか」と。

先方は、糸魚川藩の家老の流れを汲む格式の高い家柄で、文子の父は非常に厳格な人でした。糸魚川まで行ったのに、彼女にすぐに会わせてくれないのです（笑）。

――当時、糸魚川まで行くというのは……。

大村　遠くて大変でしたね（笑）。教頭先生のご実家のお寺に泊めていただいていたのですが、待てど暮らせど、文子の父は「会う」とも言わない。仕方がないので帰ろうと思っている頃、会うから来てくれと（笑）。そして会うなり、「うちの娘を食わしていけるのか？」。貧乏学生でもあった私の答えは「食わせようだ」。何を食わせるかによるが、という意味だったのですが伝わったかどうか（笑）。

その後、認められて秋山文子は大村文子になったわけですが、私にとっての彼女の存在は、それだけで一冊の本になるぐらい、いろいろとありました。

まず、何はともあれ私を支えてくれました。煩わしいことはいっさいやらないです む、まさに研究に専念できる状況を作ってくれましたね。さすがに研究者と結婚したいというだけあって、研究者というのはどういうものかをよく知ってくれていた。

例えば、冠婚葬祭があります。私は長男で、しかも地方ですから、絶えず声がかかるのですが、ほとんどの場合、文子が代理で行ってくれました。文子は社交的でみんなに好かれて、親戚中でも彼女のことはよく知られていましたから、とても助かりました。

――アメリカ留学中も相当支えられていたようですね。

大村　彼女は非常に明るい性格で誰とでも話をしましたから、現地の先生方にもすごく好かれました。そして、知らないうちに、算盤《そろばん》を日本から取り寄せて、算盤教室を始めたのです（笑）。ある時、スーパーマーケットが停電になって、アメリカ人は計算が得意ではないので、レジが駄目になるとまったくアウトです。文子がレジに行って、金額を言ってもらい、どんどん暗算を始めたのです。あっという間にトータル金額を出すので周りのみんなはびっくり。彼女は算盤の全国大会に参加するぐらいの実力者ですからね。

実験をやっていくと計算しなければいけない。そういう時、私は文子に電話をして「ちょっと計算してくれ」と言うと、パッと答えが返ってくる。今でいう、電子計算機（笑）。一事が万事、助けてくれましたね。

——アメリカにいる二年弱の間に、英語を覚えられたわけですね。

大村　私も文子も英会話は得意ではありませんでした。彼女はどこで調べたのか、プエルトリコなどからの移民の人たちに教育をする夜学コースを探して通い始め、あっという間に会話ができるようになっていました。そういうところも積極的で、帰国する頃には私よりも英語がうまくなっていたと思います。

——やることがすべて手早いですね。

大村　何事につけてものみ込みがよかったですね。

——その文子さんは長年がんと闘い、六十歳の若さで他界され、先生のノーベル賞受賞を知ることはありませんでした。先生の評伝やエッセイを拝読した際も胸が詰まりました。

大村　今頃、たぶん、自慢していると思います。「私があれだけに育てたんだ」なんて（笑）。

ノーベル賞を受賞した後、文子が家庭教師をやっていた子どもさんの親たちから、「絶対にうちの人はノーベル賞をもらうと奥様は言っていましたよ」と聞かされました。

――外の人に言っていたのですね（笑）。

大村　えらい啖呵《たんか》を切ったものだと思いました。

――文子さんは先生を支えることが励みに。

大村　楽しんでいましたね。私を支えることに生きがいを感じていたのではないでしょうか。

◉北里研究所へ入所

夜間教師を辞めて山梨大学の研究助手となり、東京理科大学から助教授職の声がかかったので山梨大学に退職を申し出たら、急に助教授ポストの空きがなくなり困っていたところ、知人の勧めから北里研究所の所長付き化学研究員に応募して合格採用というドラマのような展開となった。

――先生が敬愛される創設者の北里柴三郎先生や北里研究所の伝統について教えてください。

大村　大学卒の若い人と、私のような八年目の人間が一緒に入所試験を受けたのですが、定員一名だし、私がそれまでやったことがないペニシリンの構造式を書けといったような問題でしたから、これは駄目だろうと（笑）。英語の試験が多少できたようで、合格したのです。

入ってみると、周りはお医者さんが多く、しばらくした頃、「ここに長くいることはできないな」と感じましたね。ところが、文子の母が、私たちにお小遣いをくれ、日本薬学会が企画したヨーロッパの製薬会社を回るツアーに参加することになりました。

そのツアーでベーリンガーマンハイム社に行ったら、正面に北里先生の銅像が置いてある。北里先生のことをみなさんがよく知っておられて、北里研究所も捨てたものではない、自分が思っている以上に世の中は評価していると理解できました。「北里でもう少し頑張ろう」という気持ちが出てきたのです。

北里先生は、旧制の東京帝大の医学部を出た人たちの歩みとはまったく異なっていました。学生時代にすでに医道論という論文を書いて、その論文の中で、「医学者の使命は病気を未然に防ぐことにある」と述べているのです。お医者さんというのは、病気を治そうということではなくて、むしろ病気になる前に、健康を維持するためにやらなければいけない、つまり公衆衛生を説いているのです。

ですから、北里先生は、内務省で、今の厚生労働省ですね、予防医学の道に進みます。やがてドイツに留学する機会を得て、ドイツで破傷風菌の純粋培養を成功させるのですが、ここがまさに北里先生のやり方で、破傷風菌の純粋培養ができたと喜ばずに、破傷風にいかにかからないかに向かっていくわけです。そして、やがて抗体を発見します。この抗体こそ、今でも通じる基本的な抗体療法です。一八九〇年、三十七歳のときです。その後、帰国してから翌々年に、今度はペスト菌を発見します。

◉ゴルフを趣味に

北里研究所の秦藤樹《はたとうじゅ》所長が発見したロイコマイシンの構造決定の研究で東京大学薬学博士号を取得。北里大学薬学部の助教授になり、セルレニンスピラマイシンの絶対構造決定の研究で東京理科大学博士号を取得。しかし、体調を崩し、その回復にとゴルフを始めた。

——いわゆる過労でしょうか？

大村　少し頑張りすぎたかもしれませんね。私は学生時代にＮＭＲ（核磁気共鳴装置）を使いこなすことができました。その当時、六十メガヘルツで天然有機化合物の構造を決めるという人はほとんどいなかった。だから、ロイコマイシンやスピラマイシンなどが市販されて、実際にお医者さんたちが使っているにもかかわらず構造式がわかっていない時代に、私がきちんと整理をして、分離して、構造を決めて、発表していったのです。

ロイコマイシンは秦先生、スピラマイシンはフランスの研究者たちが見つけたものですが、人が見つけたものの構造を決めるというだけでは、見つけることとの苦労を考えると、あまりフェアではないと考えて、自分も物を見つけてやろうという挑戦をしていきました。そうしているうちに、食欲はない、目眩《めまい》はする、研究意欲も衰えてきて……。とくに、目眩はなんとか治さなければいけないということで、精神科を受診したら、「あなたの話を聞いていると、それは仕事のしすぎですよ」と。当時、アパートから銭湯に行った帰りに、硬い棒のような物を自分が持っていて、何だろうと思ったら濡れタオルが凍っていたというエピソードまでありました。それぐらい考え詰めていたのですね。

仕事以外にも何か瞬間的でも打ち込めるほうに考え方を持っていくことはできないか。「例えば、パチンコとか、ゴルフとかはどうですか?」と言われました。

――パチンコはなさっていたのですか?

大村　間もなく教授になるところだったので、パチンコをやったこともありましたが、「あの先生はパチンコ屋にしょっちゅう行っている」というのはどうも(笑)。学生たちにも影響があるだろうということで、ゴルフを選びました。文子も同席だったので、家では何はばかることなく公認でゴルフに出かけていました。そのうちに、また、のめり込んで、始めて五年で、ハンディ5までいきました。

――それはすごいです。ゴルフも身体を壊すぐらい練習されたのではないかと（笑）。

大村　研究もそうですが、ゴルフも頭を使わなければ駄目です。私は大学の教員ですから、週に二回も三回もゴルフには行けません。それではどうするかということで考えついたのが、「人の真似をしない」ということ。

具体的にどういうことをしたかというと、ゴルフが終わって解散してから、必ず練習場に寄るのです。その日に失敗したことを練習します。そして、「これが原因か」とわかれば、ボールが残っていても帰ってしまう。でも、原因がわかるまでは徹底してやるのです。

◉海外留学という転機

他人が見つけた物質の構造決定から自身で新しい化合物を見つけることを始めた。研究の転機に、と海外留学を決心し、いくつかの大学を訪問。調査、交渉の結果、選択したのは、提示された給料が一番安い米国コネティカット州ウェスレーヤン大学だった。

――先生らしい逆転の発想ですね。

大村　この大学のマックス・ティシュラー教授の人柄に好感をもったことと、「給料が安いからにはきっと何か別にいいことがあるに違いない」という理由でしたが、この選択は間違っていなかったと思います。給料というのはついてくるもので、研究ができる環境がしっかり整っているのはどこだろうということを基準に、物事を判断するべきだと考えたのです。

ティシュラー教授が、その後、アメリカの化学会の会長になられました。十六万人を有する大学会ですから、先生は自分の講座の学生や院生の面倒を見られなくなるため、私になるべく協力してくれということになったのです。「智は、英語は下手だけれど、やることはちゃんとやる（笑）」と信用してくれました。

客員研究教授という立場もよくて、自分の研究もできるということです。しかも、レベルの高いティシュラー先生ですから、アメリカ中の大物が寄ってくるわけです。その人たちすべてを私に紹介してくれて、教科書に名前が出てくるような先生方とも話ができました。給料の何倍もの価値がありましたね。

◉突然の帰国命令

海外留学にあたっての上司からの宿題は、①北里研究所で発見した化学物質を米国で売り込んでくる、②北里研究所の後輩の次の留学先を決めてくる、の二点で、急な帰国命令にもかかわらず、宿題をクリアできた。

――簡単な宿題には思えませんが。

大村　セルレニンとロイコマイシンの二つを知らしめました。特にセルレニンは、生化学の試薬としてなくてはならない化合物ということがわかって、世界的に有名になりました。一九六四年に脂肪酸の生合成関係でノーベル賞を受賞したハーバード大学のコンラッド・ブロック先生と、セルレニンの共同研究で論文を二つ出すことができましたが、ティシュラー先生のところに行ったからできたことです。若手の留学先は二名のポジションを確保して帰国しました。

――たった一年半で日本からの帰国命令には当時、相当悩まれたと思います。

大村　帰国してからも、ウェスレーヤンでやっているレベルの研究をやることと、このように大勢の有名人が寄ってくる環境を学生たちに提供し、共有する場を作ることを心に決めました。そうしなければ日本で人が育たないからです。とにかくアメリカでやっている連中に負けないためにはどうしたらいいか。それには研究費をとにかく作らなければと、宿題にはなかったけれども、企業を回って、いろいろな話をしました。「北里は、必ず物質を見つけることができる」という経験と自信があったからこそ、その費用を出してもらうというお願いができたのです。物質を見つけたら、製薬会社にライセンスを渡せばいいのではという考えもありました。一九七三年、当時のレートで年間八万ドル、二千五百万円以上の研究費を持ち帰った日本人研究者は、そうはいないでしょう。向こう三年というのが、結局、その後二十年間、特許料が入るようになっても続けられました。

――後に「大村方式」といわれる共同研究方式を提案され、ティシュラー教授の口利きもあり、メルク社と微生物由来の天然化学物質を発見した場合の「特許」の実用に関する契約をすることになりました。経営学でいうＷｉｎ-Ｗｉｎ（どちらも得をする）の関係を、「大村方式」は具現化されていますね。

大村　思い出しますね。燃費の悪い中古の大型車で、文字のナビゲーターで企業を回りました。私が運転するときは「次を右」「次のインターを出る」と言って、道案内をやってくれました。当時は文子が運転のみならず私のナビゲーターでした。

一番の思い出は、私がメルク社に行って交渉していたときのことです。帰国直前、真冬の十二月頃でした。「ここで待っていて」と、寒くないように毛布を文子に被《かぶ》せてから社屋に入ったのです。しばらくすると「東洋人らしいご婦人が、車の中で震えている」と、外が大騒ぎになっている。私はすぐに自分のことだとわかりました（笑）。あの当時の日本人の感覚では、嫁さんを仕事の話の場に連れていくというのは考えられませんでしたからね。

ティシュラー先生が亡くなるまで、私はアメリカに行くと必ずコネティカットに寄って、先生にお目にかかっていました。先生が亡くなられた後で、奥様から形見としていただいた四本のネクタイは大事な講演のときには、それらを締めて行くようにしています。

◉開発戦略を絞り込む

帰国後、メルク社との共同研究開発のテーマをどうするかというときに、大学生時代のスキーの恩師・横山隆策氏の言葉、「何事にも人に勝つためには、人と同じことをしていてはだめだ。ライバルを上回ることを考えろ」を思い出して、大手製薬企業があまり手を付けていない動物薬の探索研究という提案をした。

――これも先生の炯眼《けいがん》と言えますし、経営学でいう「ブルーオーシャン」（競合相手のいない領域）という戦略ですね。

大村 いろいろ勉強してわかったことは、ヒト用の薬を動物薬に使うと、耐性菌が増えていって、今度は人の病気に効かなくなる。そこで、動物薬に絞り込んでいこうということにしたのです。

一九七一年から七三年あたりは、ストレプトマイシンに代表されるアミノグリコシド系の抗生物質や、ペニシリンに代表されるβ-ラクタム系の抗生物質がいろいろ出ていたのですが、みんながやっていることをしても仕方がない。絶対にそれはやらないと。だから、それに近いものが仮に見つかっても、断ち切って、もっとほかの領域を探そうと決めていました。

マクロライド系については、私がすでにやっていて、「これは将来、おもしろくなる。何かが違う」という研究者としての勘があったように思います。だから、「マクロライドは、私のホビーだから続けるよ」と。不思議な縁があって、後述するイベルメクチンは分類からするとマクロライド系なのです。これはすごいなと思いますよ。神が授けてくれたのですね。

◉自然が答えを持っている

大村　メルク側に「北里で分離する菌は、メルクがやっているのとはまったく違う。非常に変化に富んでいる」という評価があり、研究室のメンバーには、とにかく新しい微生物を、なるべくいろいろな方法を導入して見つけて、ほかでやってない方法を取り入れて新しい物質を発見して分離していこう、と微生物研究が始まっていきました。

研究を拡大するために、最初にメルクへ送った微生物五十株の中に、エバーメクチン*を生産する放線菌があったのです。静岡県川奈のゴルフ場近くの土中から採取されたというのも私にとっては奇縁です。

土の中にはいろいろな微生物がいるわけですが、人間が実際に分離したり、その性質を調べたりできているのは、ほんの一パーセントか二パーセントにもならない。最近はＤＮＡ解析技術が発達して、微生物は分離しなくても、土の中の微生物に探りを入れることができるようになってきていますから、この領域はまだまだおもしろい発見に結びついていくと思いますね。

――この放線菌は当時、臨床検査技師の高橋洋子さん（後に教授）によって詳細に調べられました。検査技師の大先輩が貢献したというのも私たちには誇らしいことのひとつです。

＊エバーメクチンは、イベルメクチンのもととなった天然化合物。大村氏は共同研究者とともに発見し、改良してイベルメクチンを開発した。

◉ノーベル賞級の発見

薬剤「イベルメクチン」は、家畜への一回の投与で寄生虫がほとんどいなくなる薬効を示した。また、オンコセルカ・ボルブラスの幼虫をブユが媒介して人の皮膚や眼の中に侵入し、アフリカ赤道直下の河川地域では失明につながるオンコセルカ症として恐れられていたが、ヒト用製剤「メクチザン」によって世界保健機関（ＷＨＯ）の報告で一九九七年の一年間で三千三百万人の人が失明から救われたとされる。ＷＨＯの無償投与作戦で、二〇二五年にはオンコセルカ症は撲滅されるとも予測されている。

――文字通り「ノーベル賞級の発見」でした。

大村　「メクチザン」は、ヒト用に無償供与されるものの薬剤名です。どこかで売られて金儲けされてはいけないのでヒト用の医薬品「ストロメクトール」とは区別しているのですね。

イベルメクチンは犬のフィラリア予防薬として想起しがちですが、世界中の家畜にこれが使われ、畜産産業に大きく貢献しています。

――日本国内でのヒトへの薬効という点では、ヒゼンダニが寄生して皮膚感染症を引き起こす疥癬《かいせん》の特効薬として二〇〇六年に保険収載されました。

大村　一回飲むと半分以上治って、それでも治らない人でも二回目になると九十五パーセントは治るようです。塗り薬で治すというのは大変だし、疥癬は全身に広がるわけですから、飲めばいいというのは画期的なのですね。ノーベル賞受賞者の山中伸弥先生の奥様は皮膚科の医師で、私が皮膚学会で講演をしたときお目にかかった折に「ほんとうにすごい薬です」と言われていました。

「人のためになることを考えてやりなさい」という祖母の言葉を信条にしてきたことが、こうした結果に結びついたのかもしれませんね。

【二】　美はひとの心をいやす

◉美術に魅せられて

小学校高学年の頃から、新聞やカレンダー、母親が購読していた『婦人画報』などの絵や美術の記事を切り抜いて膨大なスクラップを作成。

――かなり珍しい小学生ですね（笑）。ご自身は画家になろうとか美術評論家になろうという夢は一度もお持ちになったことがないのでしょうか？

大村　まったくそういう考えはなかったですね。ただ、好きだからなんでも集めてしまったというだけです。今でも、私は新聞やいろいろな雑誌、美術の記事は切り抜いて取ってあります。忙しくて未整理のままですが、いずれそれらを整理したいと考えています。

私は美術学校を出ているわけではないですが、美術に関することについては独学で勉強したと思っています。

――社会人になって給料をもらったら、十二か月払いの月賦で絵を買われたそうですが、これもまたかなり珍しいサラリーマンですね（笑）。海外出張先でも必ず美術館に行かれました。ご自身を「美術中毒」と自認されるほどです。そこまでほれ込む美術の魅力とはなんでしょうか？

大村　いっときを忘れて、絵のことを思っているというのは、その間に脳の細胞が再生されていて、今度は、仕事であるサイエンスのことも出てくるんですよ。ただ、今はそれどころではなく、あちらこちらで講演ですからね。昔は、研究でどんなに忙しくても、銀座の画廊を回って、絵を見て歩いていました。おもしろい絵があれば値段を聞いておいて、「いずれおカネが貯まったら」と言ったりしていましたね。

色紙にも書くことがありますが、私は、「美しいものは人を養う」と思っています。ですから、美術と私は切っても切れない生活をしてきたということです。

――『人生に美を添えて』のご著書もあります。

大村　これは、『美術の窓』という雑誌に連載していた原稿が面白いから本にしようという話があって、了解したのです。美術を通して、いろいろな人との出会いがあったのですが、そのことについて書いています。

この間も、全国美術館連盟の会長で、世田谷美術館館長の酒井忠康さんと対談をしました。酒井さんもこの本を読まれたのでしょう。「自分たちは絵の専門家だけど、驚きました。これだけいろいろな人と出会い、いろいろなことを考えて行動した人というのははじめて」と話されていました。でも、私は好きなことをやってきただけで、無理をしたという気もないですし、楽しんでいただけの話なんですね。

——先生は絵画をご覧になるときは、飽きずにずっと同じ絵をご覧になるのでしょうか。

大村　忙しいときは十分ぐらいで見て回るだけということもあります。展覧会に行っても、さっと見て回っておいて、印象に残った絵があれば、そこにもう一回戻ってみるというやり方をよくします。

——選択集中型ということでしょうか。

大村　そうですね。絵の見方も、私独自の方法でやっています。もう一つは、画家に対しての知識を持って絵を見にいかないことです。まず、先に絵を見て、そこでその人の経歴を調べてみようとか、調べることもないなとかやるわけですよ（笑）。

——先入観を持たずに入っていくわけですね。

大村　それが美術作品に出合う大事なことだと私は思っているんです。作家の経歴から入るのではないということです。

――韮崎大村美術館では、韮崎市に先生が寄贈された「大村コレクション」がたくさん展示されていて、現在、リニューアル増築中です。

大村　ここの美術館は収蔵庫が狭すぎるので、収蔵庫を新しく作って、今の収蔵庫を私の記念室にしようと、韮崎市のみなさんが進めてくれています。そこに並べる作品は、私の自宅にある掛軸・書・古美術品などを多く展示して、美術作品を楽しんでもらえる部屋にしたいというコンセプトです。

同時に、サイエンスの勉強になるような部屋にもしておきたい。ちなみに、ノーベル賞のメダル（レプリカ）も展示予定です。

◉絵画をもっと身近なものに

――江戸時代には大衆に広く定着した美術品として浮世絵があり、これはゴッホをはじめ西洋の画家に衝撃を与えました。一方、その後の日本では美術館の中だけ、または一部の愛好家のための芸術として、大衆性を失った側面もあるのではないかと思います。先生は「大村コレクション」を公開するだけでなく、北里研究所メディカルセンター病院（現・北里大学メディカルセンター、埼玉県北本市、以下「ＫＭＣ病院」）を「絵のある病院」にされました。

大村　私が、絵が好きだからということもありますが、一方で、美術の効能といいますか、人に与える影響というものを私は信じているんです。

病院にはあれだけ多くの人が来るわけです。市立病院であれば、市役所に行く人よりも多いぐらいです。そういうところに美術品も何もないというのでは、という発想ですね。

ひたすら自分の番を待っている患者さんの多くは、その間、悪いほうへ悪いほうへと考えていくもので、そういう場に絵があれば、意識が絵のほうにも向きますから、その時間だけでも心豊かに過ごすことができるでしょう。

自分で新病院を作ろうと決心したときに（※ＫＭＣ病院建設経緯については後述）、病院としての機能はお医者さんたちに任せよう、そのかわり、私はこの病院に私らしい価値を追加しようと。それで、設計の段階から絵が飾れるようにしたのです。病院の広い面積に絵が掛かるようになれば、若い人の絵も知られるようになるわけで、美術をやる人たちの奨励にもつながると思っているんです。そういういろいろ効果を考えましたが、なんといっても一番の効果は、病院に来られるみなさんに、〝癒しの美術〟を提供してさしあげることができるということです。

これはいまだに語り草になっていることですが、富士吉田に櫻井孝美《さくらいたかよし》さんという画家がいて、この方は私よりも若いですが親友で、よく会っては芸術論を闘わせています。彼の大作を、私が病院に入れさせていただいたんです。あるとき、ご婦人が事務室に訪ねてきて、「あそこにある絵の櫻井先生の連絡先を教えていただけませんか」と聞いたそうです。すぐに事務局員から私に連絡があり、「櫻井さんならいいですよ、教えてあげなさい」と言いました。

たまたま横浜で個展をやっていたので、そのご婦人は訪ねていったそうです。どういうことかと言いますと、ご婦人は、感謝の意を表したいということだったのです。ご婦人は、生活苦で、この子を道連れにと落ち込んでいたときにあの「朝日」と題された絵を見て、これではいけないと思いとどまり、子どもを育てて自分もしっかり生きていこうと決意したことを、櫻井先生にぜひ伝えたかったらしいんです。

もう一つは、脳腫瘍《しゅよう》になった患者さんです。「人生の最期の時期に、病院で絵を見ながら過ごせているのは幸せだ」と言っていたというんです。

このように、絵にはいろいろな効果があって、病院を訪れる多くの人たちがいろいろな形で絵を楽しんでくれていますね。

――同じような絵の展示を始めた病院も耳にします。

大村　私が三十数年前に始めたときに「必ずこれは人が真似することになるだろう、これが北里精神だ」と言いました。人の真似ではなく、自分がやって見せて、それでよかったら、みなさんもやってみてください、と。これがパイオニア精神です。はじめのうちは、「所長が絵を買い込んできた。これはどうなるんだろう」と思った関係者もいたようですけれどね（笑）。

後に北里研究所と北里学園を経営統合させることになったとき、多額の赤字を背負い込んだということがないようにするため、双方の財産をきちんと調べ、監査を受けて、絵についてもきちんと評価しました。そのとき、私が買った絵が三分の一や、五分の一になっていたら、「大村はえらい無駄をしたな」と言われるかもしれないと内心、心配していたのですが、実際は、私が買ったときの価格の三倍の評価を受けました。私の見る目が間違ってなかった。私なりの評価をして、これは価値があると判断していたわけです。

――お宝鑑定団（テレビ番組『開運！なんでも鑑定団』）に出すより、大村先生に持っていったほうが確かかもしれないですね（笑）。

◉癒しのある病院への工夫

——ＫＭＣ病院のエントランスにあるピアノもすばらしいですね。

大村　私は、病院の大きなエントランスホールで、ピアノコンサートを開くことを考えていましたから、丸天井にして明かりを採り、音響効果も考えて設計をしたのです。あのホールで、市民コンサートを何十回やったかわからないですね。病院にそういうものを本格的に持ち込んだのは、私のところが最初ではないでしょうか。

——この冊子「ピペット」への読後感想ハガキには、それまで親族の定期検査や外来診察に付き添うのがつらかった。この冊子を読む楽しみが増えて苦でなくなったという大変光栄な読者の声もあります。このように、病院というのは好きで行くところではないという厳然とした事実があるような気がします。

大村　病院というのは単なる医療面の貢献だけでなく、文化を担っていくという一端もあるということですね。

いいと思ってやったことですが、それでも批判はあるんですよ。みなさんからの意見が病院に寄せられるのですが、絵に関するものは、私のところに届けるように言ってあって、その中に、「暗い絵が多いところがあるので、それを変えてほしい」というのがありました。すぐに指示をして、場所を変えるようにしました。雰囲気が暗くなるからよくないということだと思いますから、場所を移すだけで変わります。暗い絵でもいいものはいいですからね。

とにかく、絵は千七百点から千八百点ぐらいありますから、それらすべてを、患者さんや来られる方に気に入っていただけるとは思っていません。いろいろな人の見方がありますからね。だけど、なるべく要望に応えて、楽しんでもらうということが大事だと思います。

――増築された新病棟にある産科フロアも拝見させていただきました。暖かなイメージの絵が統一したコンセプトで描かれていますし、新病棟の階ごとの表示色を変えるなども先生のご提案とお聞きしました。総合プロデューサーとしての面目躍如ですね。

大村　あのようにやるには、やはり勇気もいります。おカネが余計にかかるかもしれないし、協力してくれる専門家を連れてくる力もいるだろうし。だから、トップがそういう気持ちになっていなければ駄目ですね。一人のお医者さんだけが絵が好きで、勝手に絵を買い込んだりしても、これは長続きしません。やはり、病院を運営するトップが、強い気持ちで企画を長続きさせるということが大事だと思います。

世の中の役に立つことを一生懸命やっていると、応援者が現れてくるということをつくづく感じています。何人もの有名な芸術院会員クラスの先生が、普通で買ったら何百万、何千万するような絵を、病院に寄付してくださるんです。損得抜きで、必要だと思ったことをやっていくと、人を呼び込むと言ったらいいのか、必ず共鳴してくれる人が出てきてくれるのです。

――「絵のある病院」づくりでは「人間讃歌大賞展」という企画を通じて展示作品を増やされましたね。

大村　若く才能ある画家の発掘も目的の一つですが、第一回目だけでも千点以上の応募作品がありました。そうそうたる審査員にその中から約八十点を選んでいただきました。

さらには作品を大事にしてくれるならばと、画家自身、画家のご遺族、一般収集家を含めて、寄贈作品も多いわけです。

たとえば、岡田謙三先生。世界的に有名な画家です。百何十点という絵が学校法人北里研究所収蔵になっていますが、そのいきさつはこうです。船で日本に持って帰ってきた絵が、横浜の倉庫に入れてあって、未亡人から、それらの絵を北里に納めたいという申し出があったのです。これにはみんなびっくりしましたね。こんな大作のコレクションは世界にないですから。

埼玉県出身の画家で、芸術院会員の渡邊武夫さんの絵もそうです。ご遺族は、「できれば埼玉県の病院に寄付したい」という意向を持っていて、真っ先にＫＭＣ病院の名を挙げてくださったのです。七点、寄付していただきました。

実は、絵は遺されても困るものなのです。展覧会などをやるときには、二百号くらいの絵をたくさん描きますが、遺された人にとっては、この絵をどうするかは大変な悩み事です。

◉絵画に囲まれたパーティー

――ＫＭＣ病院と同一敷地内の北里看護専門学校に併設された大村記念館には、今お話があった国内最大級の岡田謙三コレクションのほかに中国の人間国宝ともいえる王森然の自由闊達《かったつ》な晩年の作品群、先生が大好きな鈴木信太郎の作品なども展示されています。記念館のエントランスホールでは大きな作品の展示の前でパーティーなども催されていますね。
大村　私は、日本の学士院に相当するＮＡＳ（米国科学アカデミー）のメンバーに、外国人会員としてかなり早い時期に選ばれました。リンカーンが作ったというノートにサインをするという式典の後に、大きなレセプションが美術館で催されました。美術館には空間がありますから、そこに料理を持ち込むんです。日本は、美術館は絵を見るところという考え方ですが、アメリカでは絵が生活の中に入っています。絵をどこでも見られるようにするという芸術のほんとうのあり方をアメリカで学び、体験してきましたから、記念館でもそのようなやり方を取り入れています。

北里の看護師さんたちは、すばらしい絵に囲まれながら、エントランスホールでレセプションをやっています。とてもいい雰囲気ですよ。

——絵の前で飲食しながらというのは最高でしょうね。

大村　今までとはまったく違う、変わったことをやってきていますが、そういう度胸はあるんですね、私は（笑）。基本的には、あとで批判されるだろうかと心配するより、いいことをやれば必ず賛同者が現れると思っているほうなんです。ですから、「よく、こんなことをやったなあ」ということをあちこちでやっていますよ。

そのときは必死だったから、やれたんだろうと思いますね。ただ、絵を買い込むことについて、看護師さんに「私たちの給料分で絵を買っているのでは」などと誤解されてはいけないですから、別の予算で買っていることを示すために、その購入費用は、私が関連する特許料からとして、はっきりさせました。ですから、絵の下にも「大村美術コレクション」ときちんと明記しています。こうした配慮は必要ですね。

◉「研究を経営」する

北里研究所の監事に就任後、財務諸表の見方や原価計算の方法など民間企業で当たり前に行われていることを徹底して学習。研究所の経営方針について理事会で発言をして大きな反発にあうが、ひるまず、研究所長と理事会へ「上申書」を提出。「オール北里の相乗的発展のためにも新たな事業計画を」と訴え、KMC病院の新設を提案。

——覚悟のいるご提案だったと思います。監事としての責任感から経営を学習されたわけですね。

大村　研究所や大学の理事になるという先生方は、だいたい教授をやられていて、たしかにいい研究をされたと思うのですが、経営となると、これまでとはまったく違うことをやらなければならないわけですね。経営するという自覚がなく、自分の研究室でやってきたことをそのまま継続するのでは、経営にはならないのです。

私の場合、自分がどういう立場にいるのかという責務を自覚することから始めるのが大事だと考えたのです。そのためには、自分自身がその力をつけなければいけないということで、妻の文子の恩師に紹介された専門の先生から教科書をいただいて財務諸表の見方を教えてもらい、月に一回、先生に質問する会をやりました。

それから、当時、東京海上火災の社長だった渡辺文夫先生からは経営のノウハウを教えていただきました。日本興業銀行副総裁から東洋曹達《ソーダ》の会長を務められた二宮善基《にのみやよしもと》先生は北里研究所監事でもあり、経営者としての発想、経営者として何をやるべきかなどを教えてもらいました。大学教授としては、人に負けないだけの仕事をしてきたと思いながらも、経営はまったくの素人という自覚が私にはあったので、積極的に経営の勉強をしましたし、実際に、勉強したことを活かせたという実感もあります。

――先生は「研究を経営」すると表現されました。

大村　「経営を研究」するのは、経営学という学問があるわけです。私はその逆で、「研究を経営」してやろうと。その中身は普通の経営とは違うものがあって、一番強調しているのは「人材育成」です。

人材育成という理念があっても、もちろん資金がなければできないわけですから、資金を確保することは大事ですね。それから何を研究するかということも大事になってきます。私の「研究を経営」するという理念の中で最も大事なのは、世の中の役に立つということです。

人材育成を一番先に挙げているから、私の部屋から博士号が百二十数名、そのうち、教授に三十一名がなりました。私立の大学で、このような実績を残すのは稀有《けう》なことですが、それをできたのは、「研究を経営」したからだと思います。

――「カネを残すは下」、「仕事を残すは中」、そして「人を残すは上」ということになるのですね。

大村　そうです。明治時代の後藤新平のその言葉をきちっと守ったわけです（笑）。そうやって人を育てたから、私はノーベル賞をもらうような仕事ができたと思いますね。

◉理解を得る苦労と努力

北里研究所の副所長に就任した際、北里大学薬学部教授を辞め、退路を断って経営に専念する道を選ぶ。その後、港区白金《しろかね》にある本院の経営改革と病院長の交代人事、ワクチン製造体制の合理化を断行。さらにはメルク社からの特許料と、遊休不動産を処分した資金などを使い、ＫＭＣ病院を建設。北里研究所の所長昇格後は、生物製剤研究所の移転や看護専門学校の建設、本院の増改築などに取り組んだ。

――「選択と集中」という経営学の王道を行くお仕事であったと思います。

大村　これだけやれたのは、私の能力を発揮させていただけるところにいたからだと思いますね。先輩たちも一生懸命経営をされたのでしょうが、やり残したことがたくさんあって、それを私が社員の協力の下、整理させていただいたということだと思います。

――病院長の交代人事、ワクチンの製造体制の見直しなどは、相当の反発があったのではないですか。

大村　確かにありました。とくに病院長人事のときは、先輩たちから「それは駄目だ、駄目だ」と言われました。けれども、私はガンとして方針を変えない（笑）。

むしろ、こちらのほうから社員一人ひとりに、「これはこういうわけですから」と説得して回って、最後は全部賛成していただきました。

「今年は赤字だ」となると、社員総会では院長が責められますが、それまでの院長は「病院なんてどこも赤字だ」と言っていました。私は「どこもみんな赤字だということとは、日本から病院が消えるということですよ」と発言しました。

――社員総会での反発が想像できますね。

大村 私は医者ではないですから、病院にまで口を出すのかと大変でしたよ。

――KMC病院の開設では、地元医師会の猛反対もあり、奥様の文子さんの発案で、地域住民の署名運動が効果を得ました。病院エントランス前には文子さんがプロデュースされた彫刻が優しく訪問者を迎えてくれます。

大村 石黒光二さんの作品ですね。患者さんを迎える雰囲気を作ろうとしてやったのでしょう。開設後は来院や入院の患者さんを地元の開業医に返すことをしっかりやって信頼を得ました。病院の従業員はみんな、私の苦労を知っています。

私はよく質問を受けます。「言ったことをすべて実行できたのはどうしてですか」、「そんなに見通しがあったのですか」、「先見の明ですか」と。「とんでもない、先見は真っ暗だったけれど、その中で明るくしていった」と話します。

私が、先の先まで読んで、先がわかってそれをやったように受け取られているみたいですが、そうではないです。どうしたらいいかを、自分なりに考えていったというだけの話です。ただし、「実践躬行《じっせんきゅうこう》」の考えがあるから、言い出したら実行するよと（笑）。

◉一期一会、感動を力に

北里研究所立て直し実績と絵画・陶芸への造詣《ぞうけい》の深さから、頼まれて女子美術大学（以下、「女子美」）の理事に就任、その四年後には理事長に就任して百周年記念事業を達成、一度退任後、理事長に再任されて百十周年記念事業だけでなく、学部・学科の再編にも貢献。

――先生は二〇〇七年、韮崎大村美術館と収蔵展示品を韮崎市へ寄贈されましたが、一階常設展示には多彩な女流作家作品が並んでいます。

大村　人真似をしない、オリジナリティを尊重する、これが私の基本的な考え方です。一階の展示場に女流画家の常設展を配置するというのは、日本で最初です。ここでも私の考え方が生かされているということですね。女子美の理事長を務めたことで、その間に知り合ったいろいろな関係者から、いい作品が手に入るようになりました。そのうちに、ほかの大学を出た女流画家の作品も入ってくるようになった。女子美の理事長になったということが、この美術館の原点かもしれません。

——先生の評伝を拝読して「輪廻《りんね》」ということを強く感じました。すべての経験やご苦労が次につながって、人脈が新たな人脈を掘り起こしていくような感覚です。評伝でも先生は頻繁に感激や感動をされていますね。

大村　そうですね。人生で一番大事なことは、物事に感動するということです。感動することがなかったら、人間は生きている意味がないです。

感動するためには、自分がそういう立場にいないといけない。損得抜きで信じることをいろいろやっている、そういった中での発見や出会い、そして、感動する心が生まれてくるわけです。

私は、八十歳すぎまでいろいろやってきて、失敗もありましたが、それでもよかった、まあまあいい人生を送ってきているなという感じがします。それは常に感動してきたからです。物事に感動するためには、自らの生活における姿勢が大事なのです。「一期一会」。これは、私がみんなに言う言葉です。「一期一会を大事にしなさいよ」と。

（聞き手——大澤智彦　日本臨床衛生検査技師会理事・韮崎市立病院副技師長）

講話

夢を持って不動心で生ききる

◉世の中で一番大事なことは人のためになることだ

本日は、このようにたくさんの方々の前でお話をさせていただきますことを、大変光栄に存じております。

私は『致知』を長年愛読しており、私の生き方はこの雑誌の影響を色濃く受けていると思っております。そんなご縁で、藤尾社長から講演のご依頼をいただきましたけれども、未熟者の私が人間学を説くのはちょっと荷が重く、まぁ「私が歩んできた道」ぐらいならお話しできるだろうということで、本日ここに立たせていただくことになりました。

私は大学を卒業して都立高校の教員になりましたが、二十八歳の時に発心して研究の道を歩むことにいたしました。「おまえの経歴で研究者になってもあまり将来性がない。このまま教師を続けて将来は校長にでもなったほうがいい」というのが、私の周りの圧倒的多数の方々の意見でした。そんな私が今日までどのように歩んできたのか。生い立ちから順番に振り返ってまいりたいと思います。

私は一九三五年、山梨県の農家に生まれました。詩人の大岡信《まこと》先生は「眺望は人を養う」と説いておられますが、私が生まれたところは非常に風光明媚《めいび》であり、また神を敬いご先祖を崇《あが》める敬神崇祖の精神も根づいており、そのような素晴らしい風土に育《はぐく》まれて幼少期を過ごしました。

子供の頃、最も影響を受けたのが、農作業で忙しい両親の代わりに十歳まで面倒を見てくれた祖母でした。私はこの祖母から「智、世の中で一番大事なことは、人のためになることだ」と繰り返し、繰り返し言い聞かされて育ったのであります。

父は村の顔役として毎日忙しく飛び回り、母は終戦まで小学校の教員をやっておりましたが、私はこの両親から勉強をするように言われたことがありません。なぜなら、私が勉強をすると農作業を手伝わせることができなくなるからです。

農繁期になりますと、暗いうちから起こされて両親と一緒に野良《のら》仕事をし、近所の仲間がゾロゾロと家を出てくる頃にようやく解放されて学校へ行きました。父は私に農業を継がせ、多少なりとも村のお役に立つ人間にしたかったのでしょう。私に農作業を徹底的に教え込むわけです。おかげで中学三年の頃には、馬の背中に大きな俵《たわら》を括《くく》りつけることもできるようになっていましたが、これは村の青年でもなかなかできないもので、随分驚かれたものです。

とにかく農作業は厳しく、少年の小さな体でそれをこなすのは大変なことでした。しかしコンラート・ローレンツというノーベル賞学者が「子供の時に肉体的に辛《つら》い経験を与えないと、大人になって人間的に不幸だ」と言っているように、厳しい農作業のおかげで徹底的に体力も精神力も鍛えられ、私はとても幸せだったと思います。

いずれ自分はお百姓をやるんだと考え、あまり勉強はしなかった私を、中学校の恩師である鈴木勝枝先生は随分可愛《かわい》がってくださいました。農繁期に学校を休んで田んぼで働いていると、ぬかるんだ畦《あぜ》道を歩いて来て「きょうは学校でこんなことがあったよ」と教えてくださったり、「将来は村長になるのに、こんな字を書いていたらみっともないよ」と教えてくださったり、いつも気に掛けてくださっていました。

私は後に研究者となり世界中を飛び回るようになっても、この先生にだけはハガキを書こうと心に決め、現地で絵ハガキを買っては近況を報告しておりました。お亡くなりになる前に少し認知症の気があったらしいのですが、私の名前は最後まで覚えておられ、友達から羨《うらや》ましがられたものです。

◉スキー三昧から一転大学へ進学

お百姓をするには体を鍛えなければならないと考え、高校からはスポーツに打ち込みました。特に力を入れたのがスキーと卓球で、スキーは高校三年の時に山梨県の選手権大会で優勝して以来、長距離で五年連続優勝を果たしました。

同級生は受験勉強に励んでいましたが、私はスキーや山にばかり行って、高校三年の時は一番成績の悪いクラスに在籍していました。ところが、高校三年の春に盲腸の手術をし、療養中に本を読んでいるのを父が見て、「勉強したいなら、大学に行かせてやる」と言ってくれたのです。そうか、そんな道もあったのかということで、夜は数時間しか寝ずに猛勉強を始めました。先生には無理だと言われていましたが、何とか山梨大学に受かったのです。

クラスからは二人しか国立大学に受からなかったそうですが、大学に入っても私は相変わらずスキーに明け暮れていました。ありがたかったのは、担当教官の丸田銓二朗先生が、いつ研究室に顔を出してもすぐ実験ができるよう取り計らってくださったことです。実験のできない科学者は科学者とは言えず、これは科学において は一番大事なことです。後年、研究の道に進むことができたのは、丸田先生のおかげです。

◉自分の身を高いレベルに置くこと

スキーでは山梨県代表として国体に二回出場しましたが、私はスキーからも大事なことを随分学びました。私はたくさんの優勝カップをいただきましたが、それはレベルの高い新潟県に行って練習したからで、山梨に帰れば楽々優勝できる力が自ずと身についていたのです。この経験を踏まえて私は、自分の身をなるべく高いレベルに置くこと。人を教育する立場にいるなら、そういう環境をつくってやることが大事だということをいつも申し上げています。

また、私が指導を受けたスキーの名手・横山隆策先生のお話では、かつて新潟県は北海道にどうしても勝てなかったそうですが、北海道へ行って教わるのをやめて自分たちで独自に工夫するようになって初めて北海道に勝てるようになったとのことでした。これは研究にも通じることです。あるレベルまでは優れた人の指導を仰ぐことが大切ですが、それを超えるには自分独自の創造性や個性を生かして戦わなければ勝てないことを、私はそのお話から学びました。

雪のない夏になると地質学の田中元之進先生の元で地質調査を手伝いました。田中先生には随分可愛がっていただき、ある日昼食をご一緒している時にいただいたお話は、いまも心に残っています。

「大村君、どこの大学を出たとか、何を学んだとかいうことは、世の中に出てあまり役に立たないものだよ。一番大事なのは、卒業してから五年しっかり頑張ることだ。そうすると何かを物にすることができる」

後でお話ししますが、この助言によって私の人生は大きく開けていったのです。

◉自分は一体何をやっているんだろう

大学を出たら教職に就こうと考えていましたが、あいにくその年は地元山梨での採用がなく、倍率三十倍以上の東京都の高校教員採用試験に合格し、東京都立墨田工業高校夜間部の教員として働き始めました。学校では化学を教え、顧問を務めた卓球部を都で準優勝に導くなど、充実した教員生活を送っていました。

小学校の教員として務めていた母の日記に、「教師の資格は、自分自身が進歩していることだ」と書かれていました。これは非常に厳しい箴言《しんげん》で、絶えず進歩しながら教えていくことの大切さを母から教わった気がします。

夜間で学ぶ生徒は仕事との両立が大変で、三十五人入っても卒業する時は二十人、十五人になってしまうのが常でした。私は、とにかくこのクラス皆で一緒に卒業しようというのを合言葉にして皆を励まし、墨田工業高校で一番多くの生徒を卒業させたのではないかと思っています。

そこでまた学ぶことがありました。学期末試験の時に、時間ギリギリに飛び込んできた生徒がいました。答案用紙に向かうその生徒の手を見ると、油で汚れているのです。それを見て私は大変ショックを受けました。この生徒は仕事をしながらこんなに一所懸命勉強をしているのに、自分は一体何をやっているんだろうと。

そこで脳裏に甦《よみがえ》ったのが、先ほどご紹介した、五年が勝負だという田中元之進先生のお話です。よし、では五年間もう一度心を入れ替えて学び直そうと決意して、まず上京して二年目に東京教育大学（現・筑波大学）の聴講生として一年間勉強し、さらに東京理科大学の大学院に進みました。昼間は理科大で勉強し、夕方になると墨田工業高校で教え、授業が終わると理科大の研究室や東京工業試験所の研究室で実験に打ち込むといった生活をしておりました。

あの頃は、給料をもらうとまず通学・通勤用の定期券を買い込み、それから食料確保のため即席ラーメンを一箱買い込んでおく。あと残ったお金はほとんど学納金や本を買うのに費やして勉強していました。そうして理科大の修士を大学卒業後五年で修了した私は、教師を辞めて研究者になることを決意したのです。

◉朝は誰よりも早く研究室へ

冒頭にお話ししましたように、周囲からは「おまえの経歴で研究者になってもあまり将来性がない」と反対されましたが、運よく山梨大学の丸田先生から声が掛かり、二年間ブドウ酒やブランデーの研究をしました。そのうち、自分が学んできた化学と微生物学の両方が生かせる研究をしてみたいと考えるようになりました。

そんな折に東京理科大学で助教授の採用があると聞き、山梨大学に辞表を出して転籍の準備を進めていたところ、状況が変わり理科大のポジションが空かなくなってしまったのです。

困っているところへ、友人の佐藤公隆君から北里研究所が学卒を一人募集しているから受けたらどうかと勧められました。大学を出てもう七年も経っており、学卒と競って受かる自信はありませんでしたが、幸い二人採用してくれ、どうにか北里研究所に転がり込むことができました。

しかし、これまでのギャップを埋めるのは並大抵のことではないと自覚していた私は、毎朝誰よりも早く研究所へ行き、他の方が出てくるまでに文献を読んだり、一通り実験の準備を終えているようにしました。するとあっと言う間に認められるようになり、研究も順調に運ぶことができたのです。

私の研究は、自然界のあらゆるところから微生物を分離し、それを培養した培養液の中に求める化合物が入っているかどうかを調べていくものです。一方、微生物のほうはその菌株を保存して、分類学的にどのような位置にあるかを研究する。そしてこれは役に立ちそうだとなれば、本格的な研究開発に入るわけです。

当初、私の研究室にはスタッフが五、六人しかいませんでしたが、いまでは七十〜八十人の大所帯になりました。二〇一五年までに我われが発見した化合物は四百八十八になりますが、こんなにたくさんの化合物を発見したグループは、世界中で我われのところしかありません。このうちの二十六種類の化合物が実際に使われていますが、ここからはそのうちのエバーメクチンとイベルメクチンにまつわるお話をしたいと思います。

◉大恩人ティシュラー先生との出会い

ご縁があって、私の研究室に日本抗生物質学術協議会の常務理事・八木澤行正《ゆきまさ》先生のご子息が配属になりました。彼が私の部屋で熱心に実験に打ち込むのをお喜びになった八木澤先生は、私にアメリカで勉強するよう勧めてくださり、カナダ・アメリカのめぼしい研究所、大学に紹介状を書いてくださいました。一か月ほど学会へ出席しながら紹介先をすべて回り、帰国後、留学先を五つに絞って手紙を出したところ、すべてオーケーの返事をいただきましたが、一か所だけ、給料がよその約半額のところがありました。ただ、電報で真っ先に返事をくださり、よそと違ってポストドクター（博士研究員）ではなく、客員研究教授として迎えてくれるというのです。

それまで苦労をかけてきた家内に相談すれば、一番給料の高いところにしましょうと言うのは分かっている。それでもそのオファーは何か違うなぁと。結局一番安いところに行ったわけですが、それがよかったのです。

そのオファーをくださったのは、ウェスレーヤン大学のマックス・ティシュラー先生でした。ティシュラー先生は、アメリカの製薬大手メルクの中興の祖と謳《うた》われる大物で、ほどなくアメリカ化学会の会長に就任されました。十六万人もいる会員のトップですから大変忙しく、私の研究姿勢を高く評価してくださった先生は、研究室のマネジメントをそっくり任せてくださったのです。その上、先生の元を訪れる学会の大御所は、ほとんど紹介していただきました。まさに私の大恩人です。

きょう私が締めているこの自慢のネクタイは、先生の形見です。先生がお亡くなりになった時に奥様からいただいたものですが、大事な時はいつもこれを締めて、先生のご恩を忘れないようにしています。

◉よそと変わったことをやらなければダメ

アメリカの研究環境はとても素晴らしく、私はこのままずっとアメリカにいてもいいなと思っていましたが、突如として北里研究所の水之江公英《きみふさ》所長から、予定を早めて帰って来てくれという連絡が入りました。私の所属していた研究室のボスが定年退職するので、君に後を継いでもらいたいというのです。私よりも上の方がたくさんおられたのでビックリしましたが、その所長にはお世話になっていたので帰らざるを得なくなりました。一九七二年のことです。

当時の日本はまだ発展途上で、貧乏な日本の研究所に戻れば、アメリカと同水準の研究を続けられなくなります。ただ、私は日本人の頭脳は素晴らしいと思っていて、お金さえあれば絶対大丈夫だと考えていました。

そこで知恵を絞りまして、向こうの会社に共同研究の提案をして、研究資金を出してくださいと掛け合ったのです。私はその資金を使って日本で研究をする。成果が出たら御社にライセンスを渡すから、儲かった分から特許料を払ってくださいと。これを私の米国の友人は「大村メソッド（方式）」と名づけました（笑）。

留学する時は一番給料の安いところを選びましたが、帰る時はティシュラー先生の勧めもあり、一番たくさんの研究資金を出してくれるメルクと契約を結びました。留学する日本人はたくさんいますが、このように研究費を確保して帰って来るなんて人は恐らくいないでしょう。まさに人生の分かれ道だったと思います。

では、研究費の支援を得て帰って何をやるか。当時の自分の研究室では、まだそんなに大きなことに取り組める状況ではありませんでした。相撲では昔、舞の海という小さな力士が曙《あけぼの》という大きな横綱を倒しましたが、もし舞の海が曙と同じことをやっていたら勝てなかったでしょう。私の研究所も同様に、よそと変わったことをやらなければダメだと考えました。当時は人の薬を開発して、その使い古したものを動物にも使っていましたが、私は動物用の薬を先に探してみることにしたのです。

そういう中で一緒に仕事をするようになったのが、ウィリアム・キャンベルさんという非常に優秀な研究者です。動物が感染する寄生虫の研究をしており、彼と共同で発見、開発したエバーメクチンとイベルメクチンによって、私たちはノーベル生理学・医学賞を受賞したのです。

◉世界で三億人を救った画期的な薬

この薬は、まず動物用の画期的な抗寄生虫薬として一九八一年に売り出され、三年後から二十年間ずっと売り上げトップに君臨し続けました。これは人間にも非常に安全で効果の優れた寄生虫薬ということで、一九八七年にフランス政府の認可を得ました。

この薬のかつてない効果を少しご紹介しますと、カナダの牧場で、ダニで皮膚が侵されカサカサになった牛に、体重一キログラムあたり二百マイクログラムという少量を一回皮下注射するだけですっかり治ってしまう。それから、フィラリアを媒介する蚊の発生する夏の間、犬に飲ませるとフィラリアに感染しなくなり、昔は八、九年で亡くなっていた犬が、十何年も生きるようになりました。

人間にとってはもっと大事なことがあります。一九七三年にロバート・マクナマラという世界銀行総裁が、「西アフリカ諸国の人々の健康と経済的な見地から、最も重篤《じゅうとく》な病気はオンコセルカ症である」と発表しました。オンコセルカ症はブヨが媒介する線虫によって発症し、皮膚に酷《ひど》いかゆみを起こしてミクロフィラリアが目に入り、これが死滅すると失明する大変な病気です。私も現地に行ってみましたが、集落の五人に一人はこの病気のために目が見えないのです。そうなると農業もできないから経済発展もできない。これを何とかしようということで一九七四年に撲滅運動が始まるんですが、なかなかいい薬がなかった。

それからもう一つ、リンパ系フィラリア症という蚊が媒介して罹《かか》る病気があります。西郷隆盛も罹ったと言われていますが、これが酷くなった人の脚を見ると、何を履いているんだろうというくらい腫れ上がっています。世界人口の二割、十三億人以上がこの病気の蔓延《まんえん》地域に住んでいて、二〇〇〇年当時には八十三か国で一億二千万人、日本の人口と同じくらいの人が感染していました。

そこへこのイベルメクチンが生まれたわけです。この薬を「メクチザン」という名で無償供与することになりました。それによってこれらの病気は激減し、リンパ系フィラリア症は二〇二〇年、オンコセルカ症は二〇二五年には撲滅できると言われています（＊WHOの発表では、二〇二二年時点でオンコセルカ症は、メキシコ、グアテマラ、エクアドル、コロンビアで撲滅が完了、二十五ヶ国で撲滅寸前。リンパ系フィラリア症は、十八ヶ国で撲滅が達成されている）。

非常に安全な薬ですから、現地にお医者さんや看護師さんがいなくても、村人がちょっと講習を受ければ投与できます。二〇一三年には他の病気の人も合わせると、世界中で三億人もの人がこの薬を飲んでいます。

かつて私が現地を訪れた時の子供たちも、いまでは立派な青年になっています。テレビのインタビューに、「この薬のおかげでもう目が見えなくなることはない。だからいまは、村人のために一所懸命頑張っています」と答えているのを聞いて胸が熱くなりました。

日本では糞線虫症《ふんせんちゅう》といって、沖縄で何万人もの人が感染していた病気がありますが、琉球大学の齋藤厚先生の研究でイベルメクチンによって治ることが分かり、間もなく撲滅できます。沖縄の医師会から感謝状をいただきましたが、私がやったわけではない。微生物がつくってくれた薬なのです。

それから疥癬《かいせん》。これはダニによる病気で、皮膚科の先生が一番手こずる病気なんですが、イベルメクチンを一回飲むだけで半分の人は治ってしまう。治らなくても二回飲めば九十五％以上は治ってしまうのです。皮膚科の学会で講演を頼まれた時には、皮膚科の革命だと称賛していただきました。

◉研究を経営する

さて、私の郷里・山梨の出身者に小林一三《いちぞう》という大先輩がいらっしゃいます。阪急電鉄や東宝、宝塚歌劇団などを起こした大実業家ですが、この方が「金がないから何もできないという人間は、金があっても何もできない人間である」と言っています。

この言葉を聞く度に思い出すのが、先ほどお話しした、アメリカから帰国する時にメルクと交渉して研究資金を確保したことです。ところがしばらくしたら、また困ったことが起こりました。

北里研究所は設立五十周年を迎えた時に学校法人北里学園を創立し、そこに北里大学をつくりました。ところが大学を発展させるために資産を大学へどんどん費やしてしまって研究所が倒産寸前になり、私の研究室も解散してくれというわけです。解散したら十分な研究を続けられなくなりますから、私は非常に厳しい覚書を交わし、私の研究を通じて賄《まかな》った資金で研究室を十年もたせてみせよう。それでもダメだったら手を上げようと肚《はら》を括りました。

幸い五、六年で特許料が入るようになってどうにかクビが繋《つな》がりましたが、もしあそこで研究室を閉めていたら私はノーベル賞をいただけなかったでしょう。世の中にはそういう厳しいことがありますが、そこで踏ん張らなければ成功への道は歩めない。小林一三の言葉は、そのことを示唆しているように私は思います。

しかし、その後も北里研究所の経営状態は思わしくなく、私は教授を辞めて副所長になり、背水の陣で研究所の立て直しに臨みました。経営を研究するという言葉はしばしば耳にしますが、その頃の私は、「研究を経営する」という言葉をよく使いました。

これにはまず、質の高い研究者を育成すること。そして優れた研究アイデアの着想・考案、そのための資金の確保、そしてそこから得た成果を社会に還元することが大切だと考えました。

中でも人を育てるのは大変なことで、研究所の研究環境のレベルを上げなければ優れた人は育ちません。そのために私は、海外から優れた研究者を呼んで若い研究者に話をしてもらいました。セミナーに来てくれた方々はホームパーティーに招いて家内の料理でもてなしました。狭い家でしたけれども、何度もパーティーを開いてできるだけ大勢の方を招いて交流を続けてきました。

セミナーは三十年で五百回も開き、三分の一はノーベル賞受賞者をはじめとする著名な海外の研究者にご講演いただきましたが、日本の大学や研究所でこれだけセミナーを続けた人はいないと思います。おかげさまで若い人たちも成長し、百二十人が博士になり、そのうち三十一人が大学教授になっています。それによって研究を一層発展させ、また研究所も経営を立て直すためのいろんなことができたわけです。

経営には全《まった》くの素人であった私は、家内の伝《つて》で紹介いただいた井上隆司先生、研究所の監事を務めていただいた東洋曹達工業元会長の二宮善基さんや、東京海上火災保険元会長の渡辺文夫さんから、いろいろなお話を聞きながら経営の勉強をさせていただきました。後で友人から伝え聞いた話ですが、渡辺さんが「大村に大企業の社長をやらせてみたい」とおっしゃっていたそうで、私は渡辺さんから勲章をいただいたような誇らしい気持ちになったものです。

経営に当たっていつも心掛けてきたのが、「実践躬行」と「至誠惻怛《しせいそくだつ》」です。実践躬行は、言うだけでなく、自らやって見せなさいということ。至誠惻怛は、誠を尽くし、労《いたわ》りの心を持つという意味で、幕末に備中松山藩の藩政改革を成し遂げた山田方谷《ほうこく》が、長岡藩の河井継之助に贈ったという逸話があります。私は、この二つの言葉をいつも心に留めて改革に打ち込みました。

研究所の立て直しには内部改革を進め、また新規事業を起こしたりと大変なエネルギーが要るものですから、一時期体調を崩したこともありました。しかし、研究で入ってくる特許料によって四百四十床の新総合病院を建設したり、将来に向けた研究基金を用意したりしながら借金は完全に解消し、その上で二百数十億円の金融資産を確保して、経営効率化のために北里大学との統合を果たすことができたのです。そして、この統合を機に学校法人北里研究所となったのであります。

◉よき人生は日々の丹精にある

研究所の改革の際、三十年前につくった北里研究所メディカルセンター病院は、四百四十床の病院ですが、設計の段階から院内に絵画を展示できるように考えました。また、ここではロビーの椅子を取っ払うとコンサートができるようになっています。それから何と言っても有名なのは、館内にたくさんの絵を飾っていることです。画家の岡田謙三の奥様がこの事業に非常に感銘を受けてくださり、謙三が残した絵を百五十点近く寄付いただいています。

アウシュビッツから生還した『夜と霧』の著者ビクトル・フランクルは「芸術は人の魂を救い、生きる力を与えるものだ」と言っていますが、私は病院に音楽や絵を取り入れることで、患者さんや病院を訪れる人、働いている人たちの心が豊かになってほしいと考えました。まだ、ヒーリング・アート（癒やしの芸術）という言葉も聞かれなかった頃です。

ある時懇意にしている画家の櫻井孝美さんから伺った話ですが、離婚され、お子様が病気で命を絶とうとまで思い詰めておられたお母様が、病院に飾ってあった櫻井さんの絵をご覧になって、このままではいけない、この子を何とか立派に育ててやろうと立ち直られたそうです。芸術にはそういう力があるのです。

病院に併設した看護専門学校にも、美術館のようにたくさんの絵を飾っていますが、病気に苦しむ患者さんと接する看護師さんたちに、ぜひとも心優しい人になってほしいと私は願っています。

オンコセルカ症の撲滅運動に取り組んでおられたWHO（世界保健機関）の部長さんから贈られた、目の見えない親の手を引く子供の人形があります。これをいただいた時に彼は「あなたのイベルメクチンでオンコセルカ症が撲滅できれば、この人形がゴールドになるから、大事にとっておいてください」と言ってくれました。

薬というのは、使っているうちに耐性になった菌や虫が現れたりして効かなくなることがよくありますから、その時はそう簡単にはいかないだろうと思っていました。しかし幸いにして、イベルメクチンはその後もたくさんの人を救い続け、いよいよ撲滅の見通しが立ってきたことで、私はノーベル賞を受賞することができました。人形は見事にゴールドになったのです。

研究者としてここまでこられたのは、私を導いてくださったたくさんの先生方、研究仲間、そして家内、文子のおかげです。

家内は、研究で忙しい私の代わりに、子供の養育から冠婚葬祭、交流する研究者のもてなしまで一手に引き受け、私が研究に専念できるよう心を砕《くだ》いてくれました。北里研究所メディカルセンター病院を設立する際、地元医師会の反対で計画が難航した時には、署名運動を起こして設立の後押しをしてくれました。十七年前（二〇〇〇年）に亡くなった時には、世界中の仲間からお悔やみの言葉が寄せられ、私はそれを綴《と》じて『大村文子の生涯』という本にしました。本の巻末には、「病気がちでありながら　絶えず前向きに生き　人生を楽しみ　人のために尽くした　文子の短くはあったが　その生涯を讃えながら　筆を置く」と認《したた》めました。

「よき人生は日々の丹精にある」。これは、生前懇意にしていただいていた臨済宗僧侶・松原泰道《たいどう》先生が百一歳の時に贈ってくださった言葉ですが、こうしてこれまでの歩みを振り返ってみると、胸に迫ってくるものがあります。

私の居間には、その泰道先生の「生ききる」という言葉、そして東大寺の別当を務められた清水公照先生の「不動心」という言葉を飾っています。私はこれからの人生で、これまで支えていただいた方々に、社会に、些《いささ》かなりとも貢献してまいりたいと考えています。そのためにも夢を持って、不動心で生ききりたいと願っております。

対談

人のためになることを
――横倉義武・日本医師会会長と語る

◉故郷とスキー

横倉　明けましておめでとうございます。今年もよろしくお願いいいたします。

先日、福岡の大牟田出身の大津英敏さんの個展に先生もちょうどお見えになって、ご挨拶させていただきました。

大村　彼は温かい良い絵を描きますね。

横倉　そうですね。亡くなった私の父は旧制高校のときから絵を描いたりして、大津さんとは若いころからいろいろ交流があったそうです。うちの玄関を入った所にも版画が掛けてあります。
　先生は山梨県韮崎の神山町鍋山という所のご出身で、武田信玄のご先祖様の出身地と同じと伺っています。
大村　甲斐で最初に「武田」を名乗ったのが武田信義公という人で、神山村の出身なのです。その関係で信玄の信奉者です。
横倉　私は福岡市で生まれたのですが、戦争で疎開して、その疎開地には医師がいなかったので父が開業した関係で、子ども時代はずっと農村で育ちました。
　うちの裏に熊野神社がありまして、正月はそこにお参りするというのが毎年のことでした。先生もそのような感じでしたか。
大村　神山の辺りは、冬はいつも雪が積もります。その中を滑らないように神社まで行ってお参りしていました。何よりうれしいのは、雪が降ると景色が一変することで、「ああ、やっぱり新年だな」と思いながら、子ども時代を過ごしたことを覚えています。
横倉　私の所は九州ですから、雪はめったに降りませんが、先生は高校時代でしょうか、距離（クロスカントリー）スキーで県の体育大会で優勝し、国体にも出場されたと伺っています。

大村　高校三年のときに、青年部と合わせた山梨県のチャンピオンになりました。私は大学も山梨にいまして、一般の長距離の部で五年間チャンピオンでした。

横倉　実は私も福岡にいながら、子どものころから山登りとか野外活動を指導してもらっていました。その先生から「冬はスキーをしたらいい」と言われました。私はアルペンスキーで、福岡の県民大会では成績が良かったのですが、クロスカントリーは大変でしょう。

大村　山梨も山では雪が降りますが、平地はそれほど降らず、降ってもスキーができるほどではありません。私は高校三年のころは県内でやっていましたが、大学に入ってからは新潟の池の平に行っていました。

そこでスキーの先生に入門したのですが、あちこちからオリンピックを目指す選手が集まって来ていました。そういう中で練習し鍛えられましたので、山梨に帰りますと比較的簡単に優勝できたということです（笑）。何事もスキー優先でした。

◉高校教師から再び大学へ

横倉　先生は山梨大学を卒業されて、高校の教師になられたのですね。日本経済新聞に連載されていた先生の「私の履歴書」を読ませていただきました。

大村　東京都江東区の三ツ目通りの脇に都立の工業高校ではトップクラスの墨田工業高校がありまして、その定時制課程で体育と理科を教えました。

横倉　その生活の中で、生徒が仕事を終えて試験を受ける際の手を見て、先生は自分でも「もう一回勉強を」と思われたということでしたね。

大村　私もその当時はかなり感受性が高かったようで、駆け込んで来た生徒が工場の作業着のままで、手にまだ油が付いている。それを見て、ちょうど同じくらいの年齢でしたから、瞬間的に自分のことを思ったのです。今までスキーは一生懸命やってきたけれども、勉強は全くだめでしたから、これではいけないと。どうせやるなら、しっかりと教えられるような知識を身に付けようと思いました。

東京に出てきて一年間は、東京の生活に慣れずにいましたが、ぼつぼつ大学院を目指そうという気持ちもあったので、一年ほど聴講生として茗荷谷《みょうがだに》にあった東京教育大学に行き、いろいろな科目を勉強しました。

しかし、やはり聴講生では実験ができませんでした。そこで、聴講生のときにかわいがってくださった中西香爾先生から「東京理科大学だったら、都立の校長先生さえいいと言えば、教員をしながらでも行けるよ」と教えていただき、理科大に行きました。それが良かったのです。

横倉　そこで物質の構造の研究を始められたのですか。

大村　今でこそヒトの体の中までNMR（核磁気共鳴装置）で撮ってしまいますが、当時はそういう構造を測る機器は一般の大学にはまだありませんでした。高性能NMRは理科大にもなかったのですが、東京工業試験所（東工試、現・産業技術総合研究所）に日本で一～二台しかないすばらしい機械がありました。

私の恩師に都築洋次郎先生という方がおられて、この先生のお弟子さんが東工試でその関係の部長さんをされていて、東工試の研究者が使っていない夜間だったら使用していいということで、真夜中のだれもいなくなるころにその機器を使わせてもらいました。

そのおかげで、その後、次々と新しい抗生物質の構造を解析できるようになり、一気に抗生物質の研究に入っていけたわけです。

理科大のときにその基礎ができて、それは良かったと思います。

横倉　そして、北里研究所の研究室へ行かれたのですか。

大村　その前に、理科大を卒業して山梨大学に戻り、ワインを研究していた発酵生産学科（当時）という所で助手になりました。

横倉　甲府は縁がないのですが、今はワインで有名ですね。

大村　今で言う甲州ワインです。運が良かったのは、ちょうどそのころ有名な〝お酒の神様〟と呼ばれた東京大学の坂口謹一郎先生が特別講義に来ておられて、助手でありながら学生と一緒に坂口先生の講義を聞くことができたのです。

そして今で言う応用微生物学の考え方を学んで、化学と微生物の両方を使った仕事ができるなという感覚を持ちました。

横倉　甲州ワインの育ての親の子、ぐらいですか（笑）。

大村　山梨大学にワイナリーがありまして、倉庫の中には入れないようになっているのですが、鍵は大体助手が預かることになっていて、私が預かっていました。そうすると、「きょうは研究会があります」と言って、学生が集まって来るのです。何の研究かというと、酒の味をテストする研究会で、「よっしゃ、きょうは三本でいいか」とか言って渡すのです。そんなことで、楽しみながらやっていました。

その後また東京に出てきて、北里研究所に入りました。

◉北里柴三郎先生の実学の精神

横倉　北里研究所に行かれて、そこで抗生物質にかかわるいろいろな出会いがあるわけですね。

大村　はい、秦藤樹先生がマイトマイシンのA、Bまで見付けられて、Cは協和発酵のグループが見付けました。秦先生は日本の抗生物質界を代表する方で、当時北里研究所の所長をしておられ、そこに私が飛び込んだのです。

しかし、そこまで来るのに東京に五年、山梨に二年いましたから、卒業後七年経っており、新卒と一緒に試験を受けるわけです。

一人しか採用しないところを七〜八人が受けたのですが、たまたま二人採ってくれたので、幸い合格しました。それでどうにか北里研究所に入れました。それも一つの幸運だったと思います。

横倉　北里柴三郎先生は日本医師会の創設メンバーの一人で、かつ初代会長です。ですから、大村先生がノーベル賞を受賞されたときに、私どもも親近感があって非常に嬉しく思いました。

大村　ありがとうございます。

初め私はペニシリンの構造式も知らなかったのですが、いろいろ勉強しているうちに、北里柴三郎先生の仕事にだんだん興味を持つようになりました。

勉強しているころ、たまたま日本薬学会でヨーロッパのツアーをやりまして、一か月くらいいろいろな研究所を回りました。そのとき、各地で北里先生の名前が出るとにわかに会話が弾むのです。つまり、ヨーロッパの人たちは北里先生のことをとてもよく知っているわけです。そんなこともあって、「北里研究所というのはすごい所だな」とそのころ思いました。

当時、北里は医学の研究所だから私のような立場では、将来別の所に移らなければいけないかなという感じもありました。ところが、その一か月の旅行でガラッと考えが変わり、「よし、北里でやろう」とますます北里先生の勉強をしたわけです。北里先生の実学の精神とか、そういうものを勉強して良かったです。北里先生は、大変素晴らしい先生だと思います。

横倉　北里先生がお生まれになったのは熊本県の小国《おぐに》町です。私の住まいから車で一時間ちょっとの所ですので、時々生家を見に行っています。なかなか雄大な、九重の涌蓋山《わいたさん》という山のふもとです。

大村　北里先生の生家は、今は整備されていますが、私が北里研究所の副所長だったときにきちんと保存しようと決めました。先輩たちと一緒になって行った仕事です。

横倉　そのような中で、北里先生の実学の精神は先生にも強い影響を与えたわけですね。

大村　抗生物質を研究していると面白いことがたくさんあります。ただし、ただ興味があればいいというのではなくて、私はとにかく役に立つ仕事をしようと思いました。北里先生の影響を受けたわけです。

　北里先生は破傷風菌の純粋培養を行い、次に抗体を見付けて、しかもそれを血清療法に向けて進めていった。あの当時にそこまで考えた人はいないと思います。北里先生は、自分の仕事を世の中に役立たせることに結び付けているわけです。いつもそういう気持ちでおられたと思うのです。

　ペストについて興味深い話があります。ペスト菌はネズミに付いたノミが運びますから、ネズミを退治すればペストも伝播《でんぱ》しないだろう。ところが当時は、ネズミは家の宝だという考えがあり、ネズミをむやみに殺すなという時代でした。そのような中、あの大先生がネズミをつかまえる話をしたわけです。普通の学者はそんなところまで立ち入った話はしないと思います。そこがすごいと思いました。

横倉　本当にそうですね。

◉アメリカ留学から帰国して

横倉　大村先生は、次にアメリカに行かれるわけですね。

大村　いろいろと良い場面を先輩たちが私に作ってくださいました。日本抗生物質学術協議会（現・日本感染症医薬品協会）は、梅澤濱夫先生が中心になっておられ、そこの常務理事であった八木澤行正先生という方が抗生物質界に非常に人脈がありました。それはなぜかと言うと *The Journal of Antibiotics* という雑誌のマネージング・エディターをやっていましたから、世界中の抗生物質の研究者をよく知っておられたのです。

　私が北里研究所で研究をしていて、ちょっと自分の将来に迷うようなことがあったときに、八木澤先生が私に「大村さん、今度カナダで国際会議があるから、そこに行って、カナダとアメリカを一通り回っていらっしゃい」と言って、私が訪問する大学や教授の順序から旅行の日程など、すべて計画し手配してくれました。それぞれの所に推薦状を書いて、そして一人付けてくださいました。

今は旭化成ファーマになっていますが、昔、東洋醸造という会社がありました。そこでやがては役員になる方ですが、その方が一九七一年の三月に私に付いて回ってくださいました。八木澤先生の推薦状のお蔭でどこも大歓迎してくれまして、一か月過ごしました。

そしていよいよ留学しようということになったときに、八木澤先生に推薦していただいた教授から五人を選び手紙を出したのです。八木澤先生の推薦ですから皆さん安心して私を採ろうとしてくださったのだろうと思いますが、五人の方からすべて「いいですよ」という返事をいただきました。

その中でいちばん多い給料を示されたのがカナダ・モントリオール大学教授のステファン・ハネシアン先生で、有機合成の分野でその当時輝いていた人が、年間一万六千ドルで雇おうとしてくれたのです。一方、いちばん安い米国コネティカット州のウェスレーヤン大学教授マックス・ティシュラー先生は七千ドルとモントリオール大学の半分以下でした。ところが、普通はみんないわゆるポストドクターの待遇なのですが、ティシュラー先生の手紙をよく見ると、私を *Visiting Research*

Professor、要するに教授待遇で迎えるとなっていました。こちらを選んだことで、その後の私の歩む道が大きく変わったのです。

実際に行ってみると宿舎はまさに教授の宿舎で、ある意味では迎賓館のようなもので、実験室にも歩いて五分ぐらいで行ける。そこに無料で泊まれるわけです。給料は七千ドルでしたが、あれだけの部屋を借りたらとてもそれでは済まなかったと思います。

横倉　その倍くらいはかかるという感じですか。

大村　そうです。そのティシュラー先生が、私が行った翌年にアメリカ化学会の会長になられました。アメリカ化学会は十六万人の会員を抱える大きな学会で、先生の所にはいろいろな人が出入りしますが、そういう人をすべて連れてきて、私に紹介してくれました。

このようにアメリカの研究生活を非常に楽しんでいるときに、北里研究所の水之江公英所長から、秦先生が退任になるので予定の三年を待たずに帰って来いと言われました。びっくりしましたが、水之江所長にも大変お世話になっていますし、帰ることにしました。ところがその瞬間に思ったのは、今の研究レベルを日本に戻ってキープできるかということでした。

横倉　それはそうでしょうね。当時は今とは状況が全然違いましたから。

大村　はい。しかも世界的に優秀な研究者が出入りする施設でしたから、そういう所と比較すると日本はどうしても劣るわけです。しかも北里研究所は研究費も十分にない研究所でしたから、何とか同じレベルの研究をしたいがどうしたらいいかといろいろ考えました。

そこで「そうだ、企業と共同研究をやろう」と考えたのです。企業にお金を出してもらって「いいものが見付かったら、あなたの所で使ってください」というような内容を提示して、五～六社を回りました。すでに八木澤先生の紹介で知り合っていた会社の役員や部長の所を訪ねたのです。

それをティシュラー先生が知って、「そんなことをしないで、メルク社とやれ」と言われました。先生がメルク社の元研究所長だったことから、ほかの会社の十倍近くの研究費を出してくれることになり、結局、その当時の東京大学の教授たちの十倍くらいの研究費を持って帰国することができたのです。

私としてはアメリカで良い研究環境を味わっていましたから、これを何とか維持したいという思いで、帰国後は、国際シンポジウムやセミナーをたくさん開催するなど、その当時日本ではあまりやっていないことをどんどんやりました。外国で学んできたことを今度は北里で実行していったのです。
そうやって人を育てながら研究を続けました。ティシュラー先生との研究は一年と数か月でしたが、あの時期にその後の私の研究室作りや研究に対する姿勢などをいろいろ勉強できたので、本当に良かったと思います。

◉人を育てるということ

横倉　先生のそのような研究の結果、五百種類ぐらいの化合物を見付けられたのですね。

大村　それは自分自身で見付けたわけではなく、人を育てた結果です。私は外国人を呼んでセミナーを開いたりしましたが、五百回セミナーを開催したうちの三分の一に当たる百七十人ほどは、海外から呼んできた研究者です。その中にはノーベル賞をもらった人が何人もいました。そういうことができたから人が育ったのです。
そのような研究室を作り、人を育てた。その育てる中で、みんなが一生懸命研究をする。その成果が積み重なって、今、言われたように五百近い化合物が見付かり、その中にエバーメクチンという宝物があったわけです。

横倉　やはり教育ですね。わが国は、国が教育に少し手を抜いている感じがします。

大村　国は大学などにはお金を結構出していると思いますが、小・中・高校にもっと出さなければなりません。もっと若い世代のレベルを上げなければだめなのです。大学に来たときにはもう頭が固くなっていると考えなければいけません。

若いうちに科学する考え方を勉強させる。それがまさに教育です。大学で行うのはそれを基にした研究であると思っています。

横倉　そのとおりだと思います。より若い世代へのアプローチが大切ですから、その辺りを国としてしっかりやってもらいたいですね。

大村　今、地方再生とか言われて各地域でいろいろやっていますが、教育という言葉が出てこないのが私には残念です。

私も興味があるのでいろいろな記事などを読んでいるのですが、地方再生は教育からだという考えでやっていません。非常に残念に思います。

横倉　そうですね。教育体制と医療体制が地域にしっかり根差していれば、その地域は活性化すると私どももずっと訴え続けています。

大村　そういうことです。その地域の風習もあれば自然環境もいろいろ違うでしょう。東京に一極集中させて、同じような人間を育てるのではなくて、各地域でいろいろな人材が輩出されるような形を作らなければだめなのです。

私は二十一年前に、「山梨科学アカデミー」というものを作りました。山梨県縁の研究者に集まってもらい、現在百五十〜百六十名ぐらいの会員がいます。そういう人たちが、たとえば小・中・高校に出向いて講演したり、理科の勉強で成績を上げたら賞を出すとか、もちろん研究者にも山梨科学アカデミー賞を出したりする活動を行っています。

今は山梨大学の前学長の前田秀一郎先生を会長に迎え、活発に活動してくださっています。各県にそのようなものがあって、若い人たちがやるという雰囲気が出てこなければだめです。

横倉　山梨県出身の良い研究者がまた出てくることが期待されますね。

大村　はい、教育にお金をかけると、翌年にすぐ、なんていうことはありえませんが、一定の期間を経て必ず結果は出てくると思います。

横倉　教育もその先にある研究も、長い目で見ていくという基本姿勢が大切ですね。

大村　そうです。長い目で見られる政治であってほしいです。

◉エバーメクチン、イベルメクチンの発見・開発

横倉　そのような環境の中からイベルメクチンのようなすばらしい薬ができてきたのですね。

イベルメクチンがアフリカなどでオンコセルカ症の治療薬として用いられ、多くの人々を失明の危機から救ったわけです。今、その地域で問題になっているのは、さまざまな先発薬があまりにも高価で実際には使えないという悲鳴が出ていることですが、先生はイベルメクチンを無償提供されたのですね。

大村　幸いなことに、この薬は元は微生物が作るもので、そしてそれまでの普通の抗線虫薬の二十倍も三十倍も活性が強く、少量で効くので、たくさんの人々に配ることができるのです。まさに天からの授かり物です。

横倉　その微生物は川奈のゴルフ場の土から発見されたのですか。

大村　ゴルフ場と言うと誤解があるかもしれませんが、要するに静岡県の川奈の土です。

普通はたとえばペニシリンにしても、生産菌はあちこちから採れます。ところが、

この抗生物質を作るのは川奈で見付けた菌しかないのです。それに近い微生物がほかで見付かることはあっても、工業的に（イベルメクチンの基となった）エバーメクチンを作れる菌はありません。その点でも非常に恵まれていました。

ですから、微生物がやってくれたことです。「私は何もしていません」とまでは言いませんけれども（笑）。

横倉　いわゆる「物とり」と言うのでしょうか、それをずっと続けられたことが、すごい結果を生んだわけですね。

大村　北里研究所に入り、私にとって良かったのは、隣の部屋に新しい化合物を見付けるグループがいたことです。一年経っても二年経っても、新しい化合物が見付からない人たちがたくさんいるわけです。

それで自分も苦労して新物質を見付けようと考え、探索研究の道に入りました。構造解析研究は若い連中に教えておいて、大学院の学生などが勉強を兼ねてやればいいということにして、自分は物質を見付けようと探し始めました。それが良かったのです。

物質を見付けるということについては、こうすればこうなるということを体験していましたから、勘があります。ですからメルク社と共同研究して、メルク社からお金を出してもらえばできると思いました。
秦先生が見付けた化合物の構造決定屋で終わっていたら、物質を見付けるという発想は湧かなかったと思いますし、おそらくはメルク社との共同研究の発想も生まれなかったでしょう。

横倉　そういう探索研究にしても、子どものころに自然と接した経験は大きかったのでしょうね。

大村　大きかったと思います。
坂口謹一郎先生は、「微生物は何でもできる」とおっしゃいました。そのときはまだ半信半疑でしたが、実際に自分がやってみると、微生物というのは本当にすごいということを実感します。

横倉　そして、それが失明の危険から多くの方を救うことになったわけですね。

大村　当初は、ヒトの失明を救おうという考えはまだありませんでした。
私の研究室で薬を見付けようとするのであれば、大会社と同じようなことをしても仕方がない。ほかの会社がやっていないことをやろうとしたら、動物薬だと言われました。その当時はヒトに使い古した薬を動物に使っていましたが、動物薬の市場が結構広いということは、メルク社の情報で分かるわけです。そこで、ヒト用の薬はもちろんですが、動物薬をメインにやろうということになりました。
横倉　私はもともと心臓領域を専攻していたので、若いときにはイヌを使って動物実験もしていました。そうすると、イヌには必ずフィラリアがいます。人工心肺を使いながらやっていたので、フィラリアをいかになくすか大変苦労しました。
今はフィラリアの薬として、このイベルメクチンがイヌに投与されていますね。
大村　疥癬とか沖縄で見られる糞線虫症の特効薬でもあります。齋藤厚先生が琉球大学におられたときに、まず線虫の検定法を確立されました。検定法が分かるから、今度は薬が効くかどうかが分かりますね。齋藤先生の仕事は立派です。
先般、沖縄の糞線虫症の治療にイベルメクチンが非常に有効だということで、私は特別なことをしていないのですが、沖縄県医師会から感謝状をいただいて、びっくりしました。
横倉　医師会は地域の人たちに直結した医療提供をしていますので、患者さんからの感謝の声が非常に多くあったのでしょうね。
大村　ですから、私ではなくて齋藤先生に感謝状を出してくださいと医師会長さんには言いました（笑）。

◉感染症対策百年を振り返って

横倉　今、耐性菌の問題が出ています。昨年（二〇一六年）九月のG７神戸保健大臣会合でも、耐性菌をどうするかについて話題になり、新しい抗生物質の発見がなかなか難しくなったことが指摘されたそうです。

この問題に対して、今後どのような展開が求められるとお考えでしょうか。

大村　そういう質問をよく受けますが、歴史を振り返ってみますと、一九一〇年にサルバルサンが使い始められ、それから数えて一世紀が経っています。その一世紀の間、人類は壮大な試みをしてきたと思うのです。それは、感染症を、つまり病原菌や病原体を薬でやっつける、これを百年続けてきたということです。

その成果にはすばらしいものがある一方で、先生が言われたように耐性菌の出現などの問題があるわけです。つまりこの百年の取り組みの結果として出現したのではないかということで、ここで改めて評価すべきだと思うのです。

ウイルスや菌をただ殺すだけではなく、人類は別の方法を考えなければいけないのではないかというのが私の考えです。言うだけではなくて私自身もいくつか研究を進めています。

たとえばグラム陰性菌などの病原菌、病原性大腸菌など、ある種の細菌が持つタイプⅢという分泌装置を使って人間の細胞に毒素を注入すると、細胞がダメージを受け、そこに微生物が増えてきます。そこで、その毒素の注入を止めれば、毒素は入ってきませんから感染できないわけです。このタイプⅢという分泌装置の阻害物質をいくつか見付けました。ですから、病原菌となるであろう微生物がいても、ヒトと共存できると考えています。

そのうちの一つが、これはまだ動物実験の段階で、初回をネズミで行っただけですが、感染のモデルに使ったシトロバクター・ローデンチウム（*Citrobacter rodentium*）という病原菌では、テトラサイクリンは菌を *in vitro* で殺しますが、やがて、感染したマウスは菌に負けて死んでしまう。ところが、タイプⅢ分泌阻害物質を投与すると、毒素が上皮細胞に入らないのでマウスは死なないのです。

耐性菌に有効な薬を見付けても、おそらくまた耐性が備わる。いわゆるいたちごっこになります。この百年の経験を振り返り、どのような対策を練るか考え直す時期に来ていると思います。

もう一つ、イベルメクチンはただ線虫を殺すだけではなくて、ヒトの免疫系に働いて、ミクロフィラリアを抑えていると考えられるデータがあります。ですから、ヒトの体のほうから感染メカニズムや免疫メカニズムにアプローチすることが必要だと考えています。

以上は一例ですが、やみくもに薬を投与して菌を殺すという発想はもう変えなければいけない、というのが私の提案です。

横倉 そうすると、また新しい展開があるかもしれませんね。

大村 そうです、新しい展開です。

今から十七〜十八年前になりますが、『日本細菌学雑誌』に二十一世紀の化学療法について何か書いてくれと言われ、「抗感染症薬の二十一世紀への展望」と題して、抗生物質とは言わず、今後は「抗感染症薬」という展開があるのではないかということを書きました。

それが実際どのように展開するかは分かりませんが、とにかく言えることは、相手を攻撃すれば、必ず向こうも攻撃してくるということです。

横倉 そうですね。菌も抵抗するわけですから。

大村 だから仲良くやっていこうということではないかと私は思っているのです。素人が何を言っているかと言われればそれまでですけれども。

横倉　いやいや、人間社会もそうですよね。一方が強く出れば、相手方も強く出ます。

大村　相手も考えますから。一時は勝っても、また負けますよ。

横倉　共存するという考え方ですね。

◉若い世代の価値観の醸成

横倉　大村先生は若い世代をしっかり育てていただいているということですが、一方では、今、若い世代の思考が内向きになってきているような気がします。もう一度いろいろなものにチャレンジするような外向きな思考をぜひ持ってもらいたいなという思いがあるのですが。

大村　それは若い者の責任ではなくて社会の責任であるし、われわれの責任でもあると思います。

価値観というものは、やはり若いうちに醸成されるべきものだと思うのです。具体的にああしろ、こうしろではなくて、生きていくうえの人生観というか価値観について、まずしっかりと勉強してもらうための何かが必要ではないかと私は思います。

ではどうするのかと言われたら、いちばん先に考えるのは、いかに人の役に立つかということです。ただ単に「勉強しろ」ではだめで、自分自身をいかに役に立たせるかを学ぶことから始めることが大切です。

教えるほうも、そういうことを分かりやすく説いてやるとか、そういった努力も必要ではないでしょうか。ですから、若者を責めるだけではなくて、教える側の意識も変えれば、若い人たちも智恵が出てきますよ。

私などは子どものときから、「とにかく人の役に立つことがいちばん大事だよ」と祖母に言われ、教えられてきました。ですから、世の中がそのようになっていけば、医学ベースで「人を助けてやろう」と思う人が出てくると思います。

横倉　そういう社会づくりにも、われわれは努力していかなければいけませんね。

大村　そう思います。

横倉　大村先生は北里研究所の所長をされてきたということで、グループの経営にも携わられています。そのときに埼玉県北本市の北里大学メディカルセンター病院（当時は北里研究所メディカルセンター病院）の件で、地元の医師会とちょっとトラブルがあったということですが、先生からご覧になって、「医師会はこうあるべき」というご意見があれば、伺わせていただきたいと思います。

大村 北里先生の学生時代の演説原稿に「医道論」というものがあります。その「医道論」で、国民が病気にならないように、どうしたらいいかということを教えるのがお医者さんのいちばん大事なことだと言っています。

要するに予防医学です。今までのように患者さんが来たら治すというだけではなくて、その人たちや地域の人たちの健康をどのように守っていくかとか、病気にならないように導いていくかということも大きな仕事の一つだと思うのです。

北里大学メディカルセンター病院を作ろうとした三十年前、「病院を作らせていただきたい。ここにこういう土地を手に入れて病院を作り、この地域の皆さんと一緒に病診連携でやりましょう」と言いますと、地元の医師会が「お前、何しに来たのだ」と言って私をいじめるのです（笑）。病診連携という言葉を盛んに使っていたのですが、その当時は全く分かっていただけなくて苦労しました。

しかし、現在はこの地域の病診連携は非常にうまくいっているので良かったなと思います。

横倉 私は会長になって、国民の皆さんにかかりつけ医を持ってくださいということを一生懸命お願いしています。また、かかりつけ医としてはこれだけの勉強をしましょうということで、昨年四月から研修制度をスタートして、今、会員の意識が変わりつつあります。

大村　それはいいですね。そうされますと、自分自身がお医者さんだという誇りがもっと高まると思います。それが大事ではないでしょうか。ぜひ進めていただきたいと思います。

横倉　ありがとうございます。北里柴三郎先生は、医師は何のためにあるかというと、国民の健康を守るためにあるとおっしゃっています。そういう方向で私も一生懸命がんばっていきます。

大村先生、本日はどうもありがとうございました。

II

人を育てる

講話

山梨県立韮崎高等学校百周年記念式典

◉はじめに

皆様、お早うございます。

我が母校韮崎《にらさき》高等学校が百周年を迎えたことを誇りに思うと共に、皆様と喜びを分かち合いたいと思います。この記念すべき折に皆様にお話をさせていただくことは、誠に光栄なことであります。

式典での講話は、通常数分程度と言われますが、今日は今村校長先生から少し長い時間、話すようにと要望をいただいております。これは、在校生諸君が将来有意な社会人になってほしいという強い気持ちの現れであると思い、皆様の今後の発展を支援するつもりで話をさせていただきます。

◉文武両道

韮崎高等学校は、私が高校生の頃から、既に学校全体が文武両道を誇りにしておりました。学問で優れた成績を挙げた憧れの同級生、超高校生級と言われる技量を持つサッカー選手の友達などの活躍を見聞きしながら通った韮高時代は、私にとってかけがえの無いものでした。そのような優れた友人のいることを誇りに思い、自慢をしたり、また、当人達に会って話をしたりした喜びは、いまだに忘れられません。

また、雪の降った翌日、裸足でやったサッカーや、当時は学校敷地の北側には何の建物も無く、「八ヶ岳おろし」が直接吹き付ける中で、「八ヶ岳おろしにこの身を鍛え」と歌いながらの体育の時間などは、懐かしい思い出であると共に、真に歌のごとく、私は身を鍛えられたと思っております。

現在の韮高にも皆様の中には、ＳＳＨに選定され活躍している仲間、文化部で活発な活動をしている友達、そして全国大会に出場したサッカー選手などが身近にいて、彼らを誇りに思うと共に、ご自身も色々な勉強や活動に励んでいることと思います。このような韮高生活の中で、生涯の友となる友達に出会われることをお祈りしております。真の友は人生の宝であります。

◉実践躬行

真の友を得ること、また、自身が真の友となって、お付き合いをしてもらうには、どうしたら良いでしょうか。

私が生まれてから大学卒業の二十二歳の時に上京するまで住んでいた韮崎市神山町鍋山の生家が韮崎市長を始め、市の関係者のお骨折りにより、韮崎市で初めて国の登録有形文化財の認定を受け、これらを解体修復して保存していただくことになりました。

この折に庭の池の辺りに造園業者が大きな石を運び入れて設置し、これに私の好きな言葉を刻んでくれることになりました。そこで、早速「実践躬行《じっせんきゅうこう》」という言葉を刻んでもらいました。

これは、「言ったからには、自身が実行しなさい」という意味です。幸い、私は多くの上司や友人、知人に囲まれて、助けられて色々なことを実行し、成功し、そしてノーベル賞をいただくことができました。これは、このことを絶えず意識し、人々から信頼され、協力していただけるように努力してきたからだと思っております。「あれは言うだけで、何もしないよ」と言われるのと、「あの人は言ったからには、約束したからには、きっと実行するよ」と言われるのでは、大きく人生が分かれます。

皆様も実践躬行を心がけて多くの人々に信用されながら、充実した人生を送られることを願っております。

◉読書のすすめ

ところで最近、若者で本を読まない人が増えたと、よく耳にします。言葉を知らなければ、思考は深まりません。中間子を発見し、日本で最初にノーベル物理学賞を受賞した湯川秀樹先生は、「創造性の発現には、相当大量の語彙《ごい》の蓄積が必要である」と強調しております。また、数学者の藤原正彦先生も、「人間にとって、国語が知的活動の基礎であり、数学を学ぶにしても、まずは国語をしっかり学ぶことが大事である」と言っています。

二〇一五年に私がノーベル賞を受賞した折に同窓会が中心になって、本校の門を入った右側に柳本伊左雄先生に記念モニュメントを作っていただきました。このモニュメントの中心に私の座右の銘「創造開拓」を刻んでいただきました。言葉を使って考えを整理していくので、その言葉の集積が少なければ、思考が深まらず、創造することすらできません。開拓もできません。その語彙、即ち言葉を多く知るには、読書が一番です。新聞を毎日読む習慣なども有効な語彙の集積に役立ちます。スマホを汎用《はんよう》することは、言葉を覚えるのに有効とはならないと思います。一日読まなければ一日衰えます。人間としての豊かな情緒、正義感、道徳などは読書によって身につけることができるのです。

◉感動を味わう

私は研究にしても、北里研究所の所長としての役目にしても、絶えず困難と思われることに挑戦してきました。なぜかと言いますと、困難を克服した喜びや感動は、安易な道を選んでいては得られないからです。感動することは、人生で最も人間らしいことであるからです。感動することは、人間のみが神から授かった特典なのです。

皆様が苦難に挑戦してこれを克服して、涙の出るような、また身震いするような感動を多く味わうことを期待せずにはいられません。

◉安易な道より困難な道を

少し具体的に「安易な道より困難な道を」ということについて話をします。私がアメリカ合衆国に留学し、留学を終えて帰国する時のことですが、当時のアメリカと日本の研究環境には雲泥の差がありました。アメリカの大学と当時の日本の大学の研究費を比較すると、日本はアメリカの十分の一以下でありました。多くの日本からアメリカへの留学生は、この差を実感しながらも、ほとんどの人は、留学を終えて帰国すると、アメリカでの研究生活をお土産話にする程度で、帰国後は相変わらず乏しい研究費で研究をしておりました。

当時の日本の研究者は、「独創性が足りないからアメリカを始め、諸外国の研究者に負けているのだ」ということをよく耳にしておりました。しかし、私がアメリカのコネティカット州にあるウェスレーヤン大学での研究生活で感じたことは、「これは完全に違う、頭の良し悪しではなく資金力だ」、つまり「研究環境の違いだ」ということでした。このように感じた人は、私だけではないと思いますが、その後の行動が私は他の人とは違っておりました。

研究費が無いから独創的な研究ができないのなら、研究費を確保して日本に帰れば良いではないか。手ぶらで帰るのは簡単で、研究資金を確保するには当然困難も予想されました。しかし、私は研究用の資金を持って帰国すべく行動を起こしました。当時、アメリカは景気の良い時代で、製薬企業もゆとりがありました。自然界から微生物を分離し、培養し、そして作られている化合物を分離・精製することは、私たち北里研究所のグループは得意としていましたので、これをもって、共同研究を申し込み、それに研究資金も付けてもらうことを考えたのです。

冬の厳寒の、時には雪の中を何時間も車を走らせ、数社を訪ねて共同研究を申し入れました。支援の額には違いがありましたが、すべての会社が賛同してくれました。下手な英語での共同研究の申し入れには勇気のいることでした。また、困難もありました。このような活動をしているところに絶大な支援者が現れました。私を客員教授として招いて下さったウェスレーヤン大学のマックス・ティシュラー先生は会員が十六万人もいる世界最大級のアメリカ化学会の会長まで務められた先生ですが、私の研究に対する考えや進め方、研究成果、大学院生や研究者の指導などを高く評価してくださり、当時アメリカで一、二を競う製薬企業であったメルク社を紹介してくださったので、私の考えを先方に伝え、共同研究をスタートさせる準備ができました。

帰国後、メルク社と覚書を交わし、年間、八万ドル、日本円に換算すると、二千五百万円、この額は、当時の日本の大学教授の研究費の十倍相当の額で、これを向こう三年間、共同研究費として送っていただくことが決まり、帰国後の研究が順調に滑り出しました。

その後、私たちの研究成果が認められ、当初の覚書では研究費支援は三年間であったものが、その後、二十年間支援してもらうことができました。そしてそのことが、やがてエバーメクチンおよびイベルメクチンの発見と開発に成功につながったのです。

帰国する時に他の留学生と同じく手ぶらで帰って来ていたら、ペニシリンの発見に匹敵する、あるいはそれ以上の大発見とまで言われるイベルメクチンの発見と開発は成し得なかったと思います。このイベルメクチンは、世界中の家畜、ペットに使われ、さらに毎年数億人の人々を病魔から救っております。

二〇〇四年にアフリカのガーナのオンコセルカ症の蔓延《まんえん》地域を視察した時、この病気の悲惨さを見て、このイベルメクチンで撲滅できることを知った時、薬の発見のための共同研究をスタートさせた当時の苦難を思い出し、深い感慨と感動を覚えました。この他の人には味えない感動を与えてくれた研究は、ノーベル賞受賞という、さらに大きな感動を与えてくれたのです。

郷里、韮崎の出身で、阪急鉄道や宝塚少女歌劇団を創始した小林一三《いちぞう》は、「金がないから何もできないという人間は、金があっても何もできない人間である」という言葉を残しております。このことを知った私は、自身の過去を振り返り、感慨にふけりました。

◉自然はいかなる教科書にも優る

皆様は、恵まれた大自然の中で生活していることを自覚しているでしょうか。学校への行き帰りに、このことを意識して見渡してみてください。

アメリカのクラーク大学初代総長のスタンレーホール博士は「自然を愛することは全ての学問や宗教の基礎であり、出発点である」と言っております。

私は五十年余り自然界の微生物から学びながら数々の有用な抗生物質を発見して来ました。

我が国の近代彫刻の扉を開いたと言われる碌山《ろくざん》（荻原守衛《おぎわらもりえ》）がフランスの彫刻の巨匠オーギュスト・ロダンの下で学んで帰国する際にロダンから、「君の師は至る所に存在している。自然が最良の師なのだ。自然から学びなさい。私の作品にしてもギリシャやエジプトの傑作にしてもそれらを手本などと思ってはいけない」と諭されたと言い伝えられています。

また、物理学者で数々の優れたエッセイを残している寺田寅彦《とらひこ》は、「科学者になるためには自然を恋人としなければならない。自然は、やはり、その恋人にのみ真心を打ち明けるものである」と言っております。皆様が自然との触れ合いを大事にしていると、学ぶことの多いことを言っているのであります。それらを日常生活や勉学に生かしていただきたく思います。自然はいかなる教科書にも優《まさ》るのです。

既に皆様ご覧になっていると思いますが、先般私は、本校に桜井孝美《さくらいたかよし》画伯の「日《に》輪《ちりん》燦燦《さんさん》」という題名の洋画の大作（百号）を寄贈させていただきました。

これは、ローマ時代の格言「芸術は自然と一体となって人間を健全に導く」という言葉に関わってのことであります。皆様が自然に学び、芸術に触れることによって、情緒豊かな人生を送られるようお祈りしております。

◉レジリエンス

「子供の時に肉体的にきつい経験を与えないと、大人になって人間的に不幸だ」と、一九七三年にノーベル生理学・医学賞を受賞したコンラート・ローレンツという動物行動学者が言っております。皆様は、この肉体的にきつい経験をしたことがありますか。肉体的にきついと言っても、体罰とか暴力ではありません。スポーツをやっている人の多くは、この肉体的にきつい経験をしていると思いますが、スポーツでなくても、この経験はできます。農業の手伝いとか、山登りとか色々肉体的なきつい経験を進んでやってみてください。勉強だけでは、身につかない忍耐力を身に付けられると思われます。

最近、二～三年のコロナ感染症蔓延の状況の中で、何か不透明で不安と苛立《いらだ》ちに苛《さいな》まれることが多くなっていますが、そんな日々の中で、これらにいかに対処するかを考えた時に、この肉体的にきつい経験が生きて来るように思います。心の折れ難い生き方は、肉体的にきつい経験を持った人と、そうではない人とに差が出てくるように思います。この心が折れ難いことを「心の免疫力」という表し方をしますが、この言葉を米国コロンビア大学のG・ボナノ教授が「レジリエンス」と呼ぶことを提唱しております。「極度に不利な状況に直面しても、その変化に最もよく適応し、正常な並行状態を保つことができる能力」と定義していますが、要するに、「心が折れ難い生きる力」のことです。これは、先ほどのコンラート・ローレンツの「子供の時に肉体的に辛《つら》い経験を与えないと、大人になって不幸だ」という言葉と結びつくのではないかと思っています。

私事ですが、子供の時には、辛い農作業の手伝いをしました。また、韮高時代から始めたスキーのクロスカントリー競技で身につけた頑張りが、その後の幾多の困難を乗り越えることができた「レジリエンス」を身に付けるのに役立ったのではないかと、思っております。

レジリエンスを身に付けるのに、肉体的にきつい経験を持つことが大事であることを話して参りましたが、皆様が寝食を忘れてするような何かに打ち込むことによってもこのレジリエンスを身に付けることができるとも思います。そのような経験は、また、人生を豊かにすることにもなると思います。

◉人徳

中国、明の時代の洪自誠《こうじせい》という儒者・思想家の著した『菜根譚《さいこんたん》』という書物の中に「徳は才の主にして才は徳の奴なり」とか、「徳は事業の基なり」という言葉があります。

人間がことを成就するのに、大切なのは徳であるということです。広辞苑で調べると、徳とは、「善い行いをする性格。身に付いた品性、あるいは、人を感化する人格の力」などと、説明しております。

「人を愛する。思いやり。酬《むく》いる。正直。助ける。惻怛《そくだつ》（いたみ悲しむ心）。勤勉」といったことを身に付けた人物を「徳がある」という言葉で表します。知識、知能、技術などは付属的な要素であって、徳性があって初めて生かされるものであります。徳のない者はせっかく、知識や技術を豊富に身に付けていてもそれを世の中に役立てられず、何をやっても成功しないと思います。人徳があって初めて人の役に立つ存在になれるのです。

キリスト、釈迦と並ぶ三大聖人の一人、中国の孔子の言葉を門人たちがまとめた書物を『論語』と言いますが、この論語で、「徳は孤ならず、必ず隣りあり」と言っております。これは、徳のある者は孤立することがなく、何事も必ず心がけを同じくする有徳な人が現れて助けてくれるということです。

ところで、人徳のことで思い出すことがあります。皆様のあこがれの先輩で、私にとっては、自慢の後輩である「中田英寿《ひでとし》さん」（サッカー元日本代表選手）のことですが、かつて、海外出張でニューヨークへ行った時に、いつもお願いするリムジンの会社は、「青空リムジン」と決めておりました。私にはその社長の杉本さんが担当してくれました。時にはニューヨークから他の州へ長距離を移動することもあり、その社長さんと色々と話をしながら移動時間を楽しみました。

ある時、中田英寿さんが彼のリムジンを使われたそうです。杉本社長さんは私と中田さんが同じ高校の出身であることを知らない時でしたが、「中田さんはサッカーだけではなく、何をやっても成功する人です」と決めつけるように褒めているのに驚きました。理由を尋ねると、「人格者だ」「人徳がある人物だ」と言ったのです。私も自分が褒められた以上に嬉しくなり、「実は彼は、韮崎高校の私の後輩です」と言うと、社長さんも大変驚かれ、また喜んでおりました。

今日の午後、皆様は偉大な先輩の話を聞くことになっておりますが、よくお話を聴いてください。

◉一期一会

皆様は、色々な人々と出会いながら、日常生活を送られていると思います。この出会いを大切にする人と、そうでない人とでは、その後に送る人生の豊かさが大きく異なってきます。

江戸時代初期の剣術家、新陰流の達人、柳生宗矩《むねのり》は、

小才は縁に気づかず
中才は縁を生かさず
大才は袖すり合う縁をも生かす

と言っております。縁とは、巡り合わせのことであり、諸君には大才になっていただきたく思います。

私はノーベル賞受賞講演の折に、日本の伝統文化の一つ、「茶道《ちゃのゆ》」（茶湯、あるいはサドウと言っております）について ふれ、この精神である「一期一会」について紹介

「成功」と「失敗」の法則

定価＝1,100円(10%税込)

稲盛和夫・著

稲盛哲学のエッセンスが詰まった1冊

なぜ成功する人と失敗する人がいるのか？ その違いはどこにあるのか？ 仕事にも人生にも存在する不変の法則を名経営者が説き明かす。

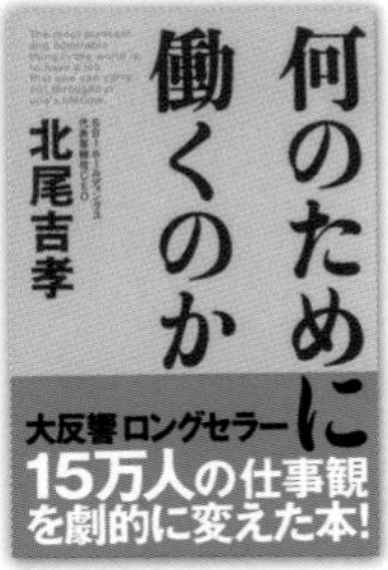

何のために働くのか

定価＝1,650円(10%税込)

北尾吉孝・著

15万人の人生観を変えた究極の仕事論

「人は何のために働くのか？」という根本的な問いかけに、真正面から答えた出色の仕事論。若いうちに読んでおきたい一冊。

ご注文・お問合せはこちらより承ります。

致知出版社 **TEL:03-3796-2118**(直通)

オンラインショップからも購入いただけます。

登録無料

「致知BOOKメルマガ」

毎日配信中！

人間力を高める書籍情報を編集部がお届けします。

修身教授録

定価＝2,530円（10%税込）

森信三・著

読み継がれる不朽の名著

ビジネスパーソンにも愛読者が増え続ける
不朽の名著。全530頁に及ぶ永久保存版。
師と生徒による魂の感応が、熱く甦る授業録。

安岡正篤一日一言

定価＝1,257円（10%税込）

安岡正篤・著／安岡正泰・監修

安岡正篤語録の決定版

世の師表・天下の木鐸と謳われた安岡正篤師。
その膨大な著作から日々の指針となる金言警句
366を選り抜いた語録集。

凡事徹底

定価＝1,100円（10%税込）

鍵山秀三郎・著

社員研修にも使われる仕事学のバイブル

自転車一台の行商からイエローハットを創業。
“掃除の神様”と呼ばれる鍵山秀三郎氏の実践哲学。

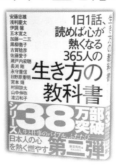

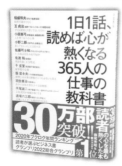

し、科学者にあってもこの精神を大切にすることが科学の発展に大事であると、述べて講演を終えました。

先ほども出てきた孔子の弟子の子貢《しこう》が孔子に、「一言にして終身之を行うべき者ありやと」と問うと孔子は「それは恕《じょ》か。己の欲せざるところは人に施す事なかれ」と答えました。「一生を通じ、思いやりを大事に過ごしなさい」と言っているのであります。そして、「自分の嫌なことは、人にもしてはいけません」と言っています。これらは、人とのご縁を大事にする基本でもあると思います。

人と人との出会いはそれが最後かもしれないと心得て、思い残すことのないように、誠意を尽くして接することが大切だと思います。

◉望みを捨てない

「望みを捨てないものだけに、道は開かれる」、これは私が今年（二〇二二年）の書き初めにした言葉です。

万事成功への道は、徒労を積み重ねながらも求め続けることで開かれるのです。

希望を持ち続けることが豊かな人生を送る秘訣《ひけつ》であります。夢も希望も持たない者は、動物的には生きていても人間的には死んでいると言えます。その夢を実現するためには、日頃の心構えが大事です。それぞれの夢を実現すべく挑戦してください。失敗を恐れ、挑戦しないで、チャンスを逃すことの方を恐れるべきです。

発明王、トーマス・エジソンは、「私は失敗したことがない。ただ一万通りのうまくいかない方法を見つけただけだ」と、物事に挑戦して行く上で含蓄のある言葉を残しております。このように、物事を楽天的に捉えることも挑戦して行く上で必要なことだと思います。

仮に挑戦して失敗しても、それは、その後の人生にとって宝になると思います。世の中で研究や事業に成功した人は、誰よりも多く失敗をしていると思います。色々な夢があると思いますが、皆様にはそれぞれの個性を世の中で役立てることを夢見てその夢を実現すべく、明日からでも行動してください。

◉終わりに

目下、世界情勢はかつてない程、全世界的に混沌《こんとん》とした状態になっております。

アルバート・アインシュタインは、ノーベル物理学賞を受賞した翌年、一九二二年、日本に四十日間滞在して次の言葉を残しました。

「世界は進むだけ進み、その間に、幾度も闘争をくり返すであろう。そして、その闘争に疲れ果てる時が来る。その時、世界人類は平和を求め、そのための世界の盟主が必要になる。その盟主とは、アジアに始まって、アジアに帰る。そして、アジアの最高峰、日本に立ち返らねばならない。我々は神に感謝する。天が我々人類に日本という国をつくってくれたことを」と、百年も前に、西洋の偉大な科学者が、東洋、とりわけ日本の高い精神性に期待していたのです。

皆様には、明日の日本、そして、世界の歴史は、自分たちでつくりあげる意気込みで日頃の研鑽《けんさん》を積んでいただきたく思います。

色々述べて参りましたが、私が東京都世田谷区浄心寺の山門の側で見つけた言葉「朝は希望に起き、昼は努力に生き、夜は感謝に眠る」という言葉を皆様と分かち合い、話を終えたいと思います。ご清聴いただき、ありがとうございました。

インタビュー

地域と自然の中で情緒を育む

◉大人が背中を見せる

——社会教育の世界では、プログラム化された教育というよりは、大村先生が実践されてきたような、地域のなかで自然や芸術文化と関わりながら人が育ってゆくことを大事にしています。そこで本日は、先生が地域のなかで学んでこられたことや、「教養」についてのお考え、社会教育への期待などを伺いたいと思います。

大村　教育と聞くと、いちばん最近感じているのは、親たちの子どもの教育方法です。こういうものが人間だというところ、自分で努力しているところを見せることが本当の教育だと私は思っている。そんなことで、この『月刊社会教育』のような雑誌があるのは、非常に良いことだと思います。

先日食堂に行った時、子ども連れで来ていたお母さんが、スマホに夢中で子どもと話をしない。いろんな話をしてやったらいいだろうに、もったいない時間を過ごしている。勉強しなさい、こうしなさいといわずとも、自分がやっている姿を見せれば、子どもも自然とそうなってくると思います。

私は、両親や祖母に折にふれて言われて、憶えている場面がいっぱいあります。たとえば、内藤多仲《たちゅう》（建築学、東京タワーを設計）、功力金二郎《くぬぎ》（数学）といった科学者が山梨から出ていますが、功力さんと同級生だった父が「金二郎さんと試験の成績を競って、勝つこともあったんだ」と自慢する（笑）。いまは立派になった方の当時の話を聞くと、「自分もそのくらいやれば何かできるかな」などと思うようになる。絶えず親たちがいい例を子どもたちに話をして育ててくれました。

――いま公民館では子育て中のお母さんが多く学んでいますが、子育てに迷っている姿もあります。

大村　親の一生懸命な姿を見せてあげるだけでもいいのです。それをみて子どもは感じますから。

――先生のご著書『人をつくる言葉』に、アインシュタインの言葉「教育とは、学校で習ったことはすべて忘れた後に、残っているところのものである」があります。

大村　忘れていても、自然に身についていることがある。だから教育は恐いのです。下手な教育をすると、本人は悪気がなくとも身についてしまう。道元禅師の言葉に「正師を得ざれば学ばざるに如《し》かず」がありますが、本当の先生につかなければ学んだことになりません。このことも大事です。

◉地域の自然のなかで育つ

大村　それから、田舎に育つということが非常に大事です。自然に触れるなかで、本に書いていないこともいっぱい起きている。それを見て、ああ面白いなあということから、科学の心が育まれていくでしょう。

人間関係のことでいうと、いま他の地域でほとんどないそうですが、山梨には「無《む》尽《じん》」（注：地域内の相互扶助をめざす住民のつどい）があります。山梨県民は健康寿命が長いといわれていますが、その理由を無尽だという人もいます。私はむしろ温泉だと思っていますが（笑）。山梨は各市町村に温泉があって県民全体が温泉に入るチャンス

『致知』定期購読お申し込み書

太枠内のみをご記入ください。

お買い上げいただいた書籍名	

フリガナ		性別	男 ・ 女
お名前		生年月日	西暦　年　月　日生
会社名		役職・部署	
ご住所（ご送本先）	〒　－　　自宅・会社（どちらかに○をつけてください）		
電話番号	自宅	会社	
携帯番号		ご紹介者	
E-mail	@		
職種	1.会社役員　2.会社員　3.公務員　4.教職員　5.学生　6.自由業　7.農林漁業　8.自営業　9.主婦　10.その他（　）		
ご購読開始	最新号より　毎月　冊	ご購読期間	□ 1年 10,500円（定価13,200円） □ 3年 28,500円（定価39,600円） （送料・消費税含む）

※お申し込み受付後約5日でお届けし、翌月からのお届けは毎月5日前後となります。

弊社記入欄	

- ●お客様からいただいた個人情報は、商品のお届け、お支払いの確認、弊社の各種ご案内に利用させていただくことがございます。詳しくは、弊社ホームページをご覧ください。
- ●初回お届け号にお支払いについてのご案内を同封いたします。
- ●定期購読契約の解約等についての注意事項
- ・年間契約制になっており、**原則として途中解約はいたしかねます。**
- ・ご解約は購読期間満了時での解約となり、次回契約の購読料金の請求は行われません。
- ・お申し込み後、ご解約の際は弊社お客様窓口までご連絡下さい。
  TEL 03-3796-2111（平日9：00～17：30）

FAXでも、お申し込みできます

FAX.03-3796-2108

郵便はがき

料金受取人払郵便

渋谷局
承認

7101

差出有効期間
令和6年10月
31日まで
(切手を貼らずに
お出しください。)

150-8790

584

(受取人)
東京都渋谷区神宮前4-24-9
致知出版社 お客様係 行

特徴

❶ 人間学を探究して45年
過去にも未来にもたった一つしかない、この尊い命をどう生きるかを学ぶのが人間学です。歴史や古典、先達の教えに心を磨き、自らの人格を高めて生きる一流の人たちの生き方に学ぶという編集方針を貫くこと45年。『致知』は日本で唯一の人間学を学ぶ月刊誌です。

❷ 11万人を超える定期購読者
創刊以来、徐々に口コミで広まっていき、現在では、経営者やビジネスマン、公務員、教職員、主婦、学生など幅広い層に支持され、国内外に11万人を超える熱心な愛読者を得ています。地域ごとの愛読者の会「木鶏クラブ」は国内外に152支部あります。

❸ 日本一プレゼントされている月刊誌
大切なあの人にも『致知』の感動と学びを届けたい。そんな思いから親から子へ、上司から部下へ、先輩から後輩へ……

様々な形で毎月3万人の方に『致知』の年間贈呈をご利用いただいています。

❹ 1200社を超える企業が社員教育に採用
『致知』をテキストとして学び合い、人間力を高める社内勉強会「社内木鶏」。

現在、全国1200社の企業で実施され、「社長と社員の思いが一体化した」「社風が良くなった」「業績が改善した」など、社業発展にお役立ていただいています。

❺ 各界のリーダーも愛読
『致知』は政治、経済、スポーツ、学術、教育など各界を代表する著名な識者の方々からもご愛読いただいています。

がある。それに温泉は、人とのつき合い、裸のつき合いができます。私も山梨に帰ると温泉が楽しみで、来た方とこっちがのぼせるくらいによもやま話をします。

無尽は、近所づき合いだから父の代行で行きましたが、お互いを気遣い、励まし合うもの。無尽の仕組みや内容はわからなくても、大人たちの話を聞いているだけでも面白かった。ここにも自然教育的な社会教育があったように思います。

——先生は、美術館や温泉（武田乃郷白山温泉）の建設をはじめ、地域の教育、文化活動に多くの支援をなさっていますが、どのような思いがあるのでしょうか。

大村　私が智恵を出すわけではなく、自分がしてもらって嬉しかった経験を味わってもらいたいという気持ちでやっているつもりです。そのなかに美術館や温泉などがあります。私は評論家ではないので、講演会でも、こうしたらよい、こうしたら世の中よくなるとはあまりいいません。自分の経験から、実際やってみて、よかったと思うことしか話さない。どう思ったかは聴いた人が受けとめればよいと思います。

地域の活動を大切にすることは、意識的にやっています。私は「敬神崇祖」という言葉をよく使いますが、先祖が眠る郷里を大切にしなくてはいけない。ここまで命をつなげてくれているわけだから。

もう一つは、東京一極集中は日本にとって危ない。東京ばかり向いてはだめだ。地域の人間が地域にいながら、子どもや県のことを考えて地域を活性化させなければだめだと。それで一九九五年に創設したのが山梨科学アカデミーです。県内の小学校・中学校へ会員が行き、さまざまな話をし、また実験をやって、地域活性化の応援を二十三年間続けています。文化庁がようやく京都へ分散しましたが、もっと抜本的なことをやらなければならないと僕は思うのだけどね。一極集中にならないように自分でも山梨でできることを。そして敬神崇祖の思いで、郷里のことを考えてやっています。

東京に隣接しながら、山梨は過疎化が進んでいます。他県もそうですが、子どもたちの教育のためにも、経済面だけではなく本当の意味で地方を活性化しなければ。とくに、自然豊かな地方で子どもを育てることが大事です。先日も、夏休みで空く地方の学校の教室で、子どもたちを泊めて遊ばせるなどしてはどうか、と提案をしました。とにかく一極集中ではだめです。

◉教養とは何か

――これまで農作業のなかで自然と触れ合い、また美術にも親しんでこられたわけですが、先生は「自然と芸術は人間をまともにする」とおっしゃっていますね。

大村　私の言葉ではありませんが、実践はしています。いちばん大事なことは、人間としてものを知っているだけではなく、情緒豊かな人間に育っていくことです。岡潔という数学者も「数学は情緒だ」といっています。豊かな情緒から本当の数学のアイデアが浮かびますし、化学でもそうだと思います。

情緒は自然のなかで育っていくと思います。コンクリートのなかでハイテクのスマホなどにばかり触れていると、情緒が失われていく。そうすると人間はどんどん小粒になってきて、本当の意味での人間らしさ、人間力が発揮できなくなってしまう。せっかく自然が偉大なものをもっているのだから、そのなかに身を置いてものを考えることが大事ではないかと思います。

――先生のなかでは、自然と科学と芸術の世界がつながっているようですね。

大村　私は意識的に、芸術家やいろいろな領域の他の専門家と絶えず話すようにしています。そうすると、物事に固執しない柔軟性を養えると思うのです。何か大きなことがあっても他の見方で解決できるようになる。だから、「一期一会」を大切にしています。出会った人皆を大事にして友好を深めていくことです。

先日、一四一三年に創設されたイギリスのセント・アンドルース大学で名誉博士号をいただくことになりました。旧知の方々が推薦してくれたことが、行って初めてわかった。そのために研究をやっているわけではないけれど、出会った印象をもってくれていたのでしょう。

――「科学者」や「専門家」には自分の領域を深めていくというイメージがありますが、それ以外にも目配りしながら研究をしてこられたのですね。

大村　私の研究室もそうです。皆分野が違う。「大村のコピーは作らない」を基本としています。微生物、化学合成など、専門家それぞれが力を発揮し合い、私ができないことは他の専門の人にやってもらう。だからこそいままで成果が出ていたのです。生物学者のシドニー・ブレナーがノーベル賞を受賞する前、大学教授のころに私のところに来られているのですが、彼の本に「一つの分野での飛躍的なブレイクスルーは、往々にして、他分野の人間が飛び込んできた時に起きる」と書いています。大きな飛躍のための研究をするには、一人で自分の分野だけでやっていたのではだめです。だから、いろんな人を呼んできては、講演してもらう。そうすると、いろいろな分野の専門家が育っていく。

――大村先生にとって「教養」とは何でしょうか。

大村　父は「俺は教育は受けないけど教養はあるよ」と私にいっていました。知識がいくらあってもだめで、情緒豊かであること、人のためになることができるのが本当の教養だと。「じゃあ親父は教養があるのか」と聞くと、「いや、まだそこまでは行かん」と答えてくれましたが。そういう気持ちがもてるようになるのが、教養の涵養《かんよう》がされている人だと思います。サリン事件のようなこともありましたが、知識を本当に世の中の役に立つものにもっていくセンスは、教養によるものです。

母は、旦那を食い殺すから嫁にもいけないと言われた丙午《ひのえうま》の生まれです。苦しみを味わって育ち、教員をやりながらその感情を克服して、五人の子どもを育てましたが、「情操教育」ということをよくいっていました。勉強ができるだけではだめで、人を助けられるか、人のことを思って物事ができるかということを、身をもって教えてくれました。母の日記には、「教師の資格とは免状ではなく、自分自身が絶えず進歩していることだ」と書かれています。教師は知識や免許証として資格をもっているのではなく、絶えず自分が進歩していなくてはいけない。これはいまでも母の言葉として講演会などで使っていますが、向上心のある先生につかないと生徒もかわいそうだということです。

母からは、勉強しなさいといわれたことはなかった。物がない時期に買ってきてくれた新しいノートに漫画みたいな落書きをした時に、一回だけ叱られましたが（笑）。絵具や画用紙を時々用意してくれていたので、絵はよく描いていました。でも用意をするだけで、描きなさいとはいわない。

――社会教育でも、条件整備が基本原則です。国や行政がこれをやれというのではなく、一人ひとりが学ぶ環境を醸成するのが仕事であるとしています。

大村 その通りです。先日ある市長にいいましたが、市民にああしろとか、こうしなさいというのではなく、市民が自然とやりたくなる環境を作ること、それを応援すること。これが大事なのですね。

――いま、行政にも数値目標を定め、到達度合をはかる発想がありますが、数値化できないものもあります。

大村 情操教育は数値化できないでしょう。だから社会教育が非常に大事だといつも思うのです。地域の人達が幸せを感じながら図書館や美術館、博物館、公民館を利用する場面が出てくると思います。

鎌倉の円覚寺派管長の横田南嶺《なんれい》さんが、お釈迦様がいう幸福は四つあると噛み砕いていっていました。それは社会教育にみな結びついていることだと思います。健康であること、信頼のおける友だちをもつこと。心の平安を保つこと。足るを知る生活を送ること。こういうことを、社会教育のなかのいろいろな場面で学んでいくのだと思います。たとえば、健康をいかに維持するかという講座をやるでしょう。友だちと親《しん》睦《ぼく》を深める行事もある。友だちと話し合うことで心配事が消えて、心が穏やかになり安心した生活を送ることができる。これらはみな社会教育のなかでやれることだと思います。足るを知るはちょっと難しいかもしれませんが、それをやるのも社会教育ですよね。何でもかんでも欲しがっちゃだめ。これはいい言葉だと思います。

それから、バランスをとりながら生きていく、という感覚も大事です。私は宇宙開発には批判的です。宇宙研究は非常に費用がかかります。月に行くといった夢を見ることは大事ですが、宇宙に人間が移り住む訳にはいかない。それよりも、地球に人間がちゃんと住める状況にもっていく。それはお金をかけなくてもできること。環境問題について本気でみんなで考える機会をもって、守っていかなくてはいけないのではないかと思います。七月（二〇一八年）の西日本の豪雨は、いままでにない大雨となりました。原因は人間が作っていると思います。また、いまになってプラスチックごみの問題が生じていますが、一九七一年に渡米した際、プラスチックが散らばっている状況を見て、こんな状態に世界中がなったらどうなるんだろうと考えていました。台風だって、風速五十メートルのものなんていままでそんなになかった。足元の環境問題をいま考えることは大切ではないかと思うのです。

◉社会教育に関わる人へ

――最後に、地域で活動する市民や、社会教育に携わる職員へのメッセージをお願い致します。

大村　公民館にもよく講演をしに行きますが、教育委員会などが企画して呼びかけて、そこに参加することも大事ではありますが、「どういうことを勉強したいか」ともちかけて、企画をよくしていこうとすること。よくしていく気持ちがあれば、いろんな形の行事に参加するようになると思います。つぎにこういうことをやったらいかがでしょうか、と、絶えず企画していく心構えが大事だと思います。

教育という言葉を使う時必ず私がいうのは、知識・技術を学ぶだけじゃない、人間としてこうあるべきだ、という姿を学ぶこと。それが本当の教育だと思います。

――まさに「教養」とも関わってきますね。

大村　教養には勝負がつかない。だからなおのこと教育をしていかなければなりません。

たまたま山梨で、私のことを道徳の時間で教えていると聞いて驚きました。私は教員から研究者の道に入り、人とは違う苦労もあった。そういうなかでも人のためになる仕事ができたということを、子どもたちに伝えようとしてくれている。そのことを知り、ああそういうことか、それでいいのだと思いました。自著のタイトルに『ストックホルムへの廻り道』とつけた通りです。まっすぐにいったのじゃない。いろいろな人の縁がみんなつながっているものです。そこから影響を受けることができるか。情緒のある人間は、いいものを受けるとサッと入ってくるのですよ。情緒のない人間は、せっかくいい話を聞き、いいものを見ても入ってこない。そこが違いなのです。

——本日はありがとうございました。

インタビュー

日本の国力をもっと上げる秘訣

――日本は大村先生の受賞をはさみ、二〇一四～一六年の三年連続でノーベル賞を受賞しました。科学大国になったと胸を張れますか？

大村　世界的に見ても日本の科学は進んでいる。中国が論文を増やしているが、内容から言えば日本と比べものにならない。歴史をたどれば、ノーベル賞をもらう時は、国力が盛んな時でもある。日本にはまだまだやる気のある研究者が育っている。

問題はこれをもっと上げるにはどうするか、だ。中堅研究者の論文発表ペースが下がっているという、心配な兆候がある。今の日本は、どっちに行くか、境目の時代にいる。こういう時こそ、「底」をしっかりさせることだ。

――教育の充実ですね。

大村　それも小学校から必要だ。オーストラリアの動物行動学者コンラート・ローレンツに「子供の時に肉体的に辛い経験をさせないと、大人になって不幸になる」という至言がある。小学校ではしつけ、人づくりが最も大事。肉体的に苦労したこと、頑張ったことが報われる楽しさを教えることが必要だ。

最近は宿題代行業があると報道で知って、愕然《がくぜん》とした。何でも手に入るような環境や、「みんなが一等賞」のような横並び教育では、子供に「何とかしよう」という気持ちを植え付けられない。メディアは勇気を持って、「親たちよ、しっかりせよ」と叱るべきだ。「楽をしよう」という心の蔓延は、企業のデータ改ざんにも表れている。楽をして成功することなど一つもない。

――理科教育も重要ですね。

大村　小学校の理科教師には特別報酬を出すくらいの構えが必要だ。自然の中で育てることも好奇心をはぐくむ。青少年の技能五輪、数学五輪といったイベントにもっと社会、メディアが注目して、努力した子供を褒める。人は褒められれば、また頑張るものだ。将棋の藤井聡太君のように、若い時から才能を発揮する人はたくさんいる。モチベーションがあれば、才能はどんどん伸びる。

――指導者を育てる方法は？

大村　人材育成がうまい名伯楽もいるが、僕は、真の指導者になるのは、放っておいても師匠を超えていく人だと思う。自分で考えて、自分なりの工夫をして、教官の枠を超えなければだめだ。いちいち最後まで教えなければいけないのは、役に立たないよ。

僕の場合、高校教師をしていたので「普通の研究者より五年遅れている」と思って猛烈に勉強し研究した。それがなければノーベル賞をもらえるところには到底届かなかったと思う。

――努力は独創的研究の糧ですか？

大村　そう簡単ではない（笑）。

僕は、研究者には「思うようにいかないところに、新しい道がある」と言っている。行き詰まって、うまくいかない時こそがチャンスだ。「何とかしよう、何とかしよう」と絶えず考え、死ぬような思いをして、体は大丈夫かと思うような時に、自分の中で思考が濃縮されて、そこで「ふわっ」と新しい考えが浮かんでくることがある。それが新発見につながる。大変でなければ、成功しないよ。

そのためには、普段から体力と気力を充実させ、人との出会いを大切にする。そして研究に邁進《まいしん》する、この三つのバランスが重要で、僕は「黄金の三角形」と呼んでいる。どれが欠けてもうまくいかない。

インタビュー

小学校に理科専門教師を配置せよ

近年、日本ではGDP比での教育費が欧米に比べて低いということが盛んに言われています。実際に国立大学に交付され、研究費と人件費に使われる「運営費交付金」は、二〇〇四年の独立行政法人化以来、毎年約一%ずつ削減されてきました。この二年ほどは削減が止まったものの、〇四年当時一兆二千四百億円あった予算が現在（二〇一八年）では約一兆一千億円に減少。二〇〇〇年以降の科学研究費の推移を見ると中国は十倍以上、韓国も五倍近くと、各国順調に伸ばしていますが、日本だけがほぼ横ばいです。

また他の論文に引用された回数の上位十%に入る科学論文の国際シェアを見ても、米国がトップ、日本は多くの研究分野で中国やドイツ、英国に抜かれています。一月、別の統計では中国が論文数で世界首位になり、日本はインドにも抜かれて六位になったとの報道もありました。

こういった状況を受け、日本の科学研究の地盤沈下が指摘され、「もっと大学教育に税金を投入しろ」という声も大きくなってきました。このままでは将来、日本からノーベル賞受賞者が輩出されることもなくなってしまう、という危機感を持っている関係者も少なくありません。

確かに、研究にはお金が必要です。しかし、お金があれば優れた研究ができるかというと、そうでもありません。無闇に「大学にお金をよこせ」と叫ぶことには、正直、同じ研究者として違和感を覚えます。

私の経験からすると「金がないからできない」と言う研究者は、十分な資金があっても大したことはできません。少し厳しい言い方かもしれませんが、私は「研究を忘れた金儲けは罪悪である。そして金儲けを忘れた研究は寝言である」と発言したことがあります。研究者はお金ありきの姿勢では絶対にいけませんが、お金のことを無視してはいけない。何よりも必要なのは「こんな研究がしたい！」という強い気持ちです。

◉産学連携で三大奇人に

しかし、今の科学界の風潮は「お金が欲しいから産学連携しましょう」となっています。そうではなく「猛烈にやりたい研究がある。成果が出せれば利益を還元できるのでお金を出していただきたい」と研究者は熱く語り、行動すべきです。

私は一九七三年にアメリカの大手製薬メーカー、メルクと契約をしました。当時はアメリカ・ウェスレーヤン大学での一年半の研究生活から北里研究所に帰ってきた直後でした。後に全米化学会の会長を務めることになるマックス・ティシュラー教授の下で研究をしていたのですが、彼がメルクの元研究所長であったので紹介をしてもらったのです。

その共同研究の契約は、我々が新しい物質を見つけたら、その特許をメルクに渡すというものでした。その対価として単に研究資金を提供してもらうだけではなく、薬の販売を実現した場合には、正味売上高の一部を北里研究所にロイヤリティとして支払う条項も盛り込みました。当時のレートで毎年二千五百万円以上の研究費を得ましたが、あの時代にそれだけの金額を持ち帰った日本人の学者は、そうはいなかったはずです。

これは後に「大村メソッド」とも呼ばれた新しい契約内容でした。これまでにメルクからいただいたロイヤリティの総額は二百二十億円を超えます。あの時代に私一人で英語の法律用語と悪戦苦闘をしながら契約をしたからこそ、その後、研究資金に困ることがなかったのです。

当時は産学連携は「悪」と言われていた時代でした。東大紛争も落ち着き、学生運動がようやくピークを越えたところでしたから、大学に民間企業のお金を入れることは「とんでもない」という声が強かった。文部省も「そんなことはやらないでほしい」という雰囲気でした。

少し後になって知ったことですが、学内に「北里の三大奇人」と呼ばれる教授がいると同僚に聞き、一人目、二人目の顔はすぐに思い浮かぶのですが、三人目がわからない。すると「大村、お前だよ」と言われ、大笑いしたことがあります。三大偉人だったら胸を張ることもできるのですが（笑）。

それくらい勇気が必要な決断でした。しかし周りがなんと言おうと、自分たちが開発した微生物分離の技術は世界的製薬メーカーにも引けをとらないことがわかっていました。だからこそ、自分がやりたいと決めた研究のためにできることをやろう、という気持ちが揺らぐことはありませんでした。自分たちの強みを理解し、その強みによって資金を獲得し、それを活かす環境を整えたということです。そのために必要なのは、自分の研究は社会のためになることを、意を尽くして他の人に説明するための言葉を持つことです。私はどのような場面であっても、言葉を非常に大事にしてきました。

ですが、時には「基礎研究はすぐには社会に役立たないけれど重要なんだ」という居直りとも思える反論が返ってくることがあります。

確かに基礎研究は、その成果が実用化されるまでに、とても時間がかかります。そのことは私が見つけたスタウロスポリンという物質の例からもわかります。

スタウロスポリンは放線菌から分離した天然化合物で、私の研究室で発見したのが、一九七七年です。その後、協和発酵の研究グループによってプロテインキナーゼCの阻害剤であることがわかったのですが、しばらくは日の目を見ず、注目され始めたのは九〇年代です。そしてピーク時には年間七百本、八百本という数の論文が、スタウロスポリンを使った実験の成果をもとに発表されるようになりました。論文に物質名が引用されるだけでなく、実際に実験で使ってもらえたのですから、私も化学に貢献できたのではないかと自負しています。ｉＰＳ細胞の発見でノーベル賞を受けた山中伸弥教授も「スタウロスポリンは、研究室でよく使っているけれど、その発見者が大村さんだとは知らなかった」と驚いていたという話を聞きました。

その後、スタウロスポリンは研究用試薬として最も使用されるようになり、創薬研究などで世界中の研究室に広まりました。そして二〇〇一年に、基にしたスタウロスポリンを分子標的薬と呼ばれる薬剤の第一号である慢性骨髄性白血病の治療薬、イマチニブ（商品名グリベック）が開発されました。物質の発見から約二十五年後に製薬業界で実用化されたことになります。

すぐにお金にならない基礎研究であっても、本当に重要な研究なら「なぜこの研究が必要なのか」「この研究の先にどんな可能性が開けているのか」を自分の言葉で社会に向けて説明できるはずです。国の税金を使うのに理由や使途を説明できなければ、国民が文句の一つも言いたくなるのは当然でしょう。

研究理由とは、すぐに薬の開発につながる、治療法が確立するといった実利的な面だけではありません。社会の雰囲気を良くしたり、サイエンスの進歩に貢献するといった抽象的な理念でもいいはずです。

ところが、説明力に乏しい大学の先生がたくさんいます。なぜ進んで説明しなければならないのかと思っている人さえいます。

今や社会の科学リテラシーも上がり、総合的な研究開発力で言えば、大学より企業のほうが圧倒的に上です。大学の先生は、まず自分たちが「遅れている」ことを認識すべきです。自分の研究ばかりで世間知らずな人もいますし、成果をどうお金に変えていくかに無頓着な人もいる。利益のために必死の企業に比べれば、スピード感も遅い。産学連携のためには研究者と企業のギャップを埋めるための何かが必要なのです。

◉軍事研究と科学者の信念

私どもの北里大学では、民間企業の部長クラスの人材を雇い、企業と大学の橋渡し役になってもらっています。彼らは研究発表会に参加して学内の研究を把握、その上でどんな企業と共同研究できる可能性があるのか検討しています。要するに科学と経済を結ぶコーディネーターです。前例踏襲、実績主義で、失敗を過度に恐れる官僚にこういった仕事は向いていませんから、私立はもちろん、国立大学も民間企業出身の人材を活用していくべきです。

そんな中、医薬分野で大学と企業の橋渡し役として期待をしているのが、二〇一五年に発足した日本医療開発研究機構（ＡＭＥＤ）です。

国立研究開発法人のＡＭＥＤは、当初、アメリカ国立衛生研究所（ＮＩＨ）の日本版とも言われました。それまで厚生労働省、文部科学省、経済産業省が別々に管轄していた医療分野の研究費の配分を一元化し、薬や医療機器の開発をスムーズにしていくために設立されました。大学の研究室と民間企業を結びつける役割も担っており、理事長の末松誠・慶應義塾大学教授がリーダーシップを発揮されています。

そのやり方は、まず民間企業が国から資金を借り入れ、企業がどこの大学の研究室と一緒に仕事をするかを選定していく。それも単年度、つまり一年限りの予算ではなく、十年、二十年という長期での共同研究が可能な仕組みになっています。

この枠組が面白いのは、研究開発がうまく利益に結びつかなかったときに、国にお金を返済する義務を負うのが企業だということ。〝産学連携〟の看板だけで、お茶を濁す計画も多いのですが、ＡＭＥＤの枠組だと企業も本気にならざるをえません。そうなると国立、私立関係なく、実践的で独創的な研究をする大学の研究室に自然と資金が集まってくる。アメリカのシステムを日本風に仕立て直したとてもいいアイディアで、今後の展開に期待しています。

少し話が脱線してしまいますが、昨今批判が集まっている軍需産業と大学のことについて触れます。

昨年（二〇一七年）三月、科学者の代表機関である日本学術会議が、新設した研究資金制度への対応を迫られ、軍事研究に否定的な声明を出しました。色々な意見があることは承知していますが、私は、国を守るため、人のためになるのであれば軍事技術の開発もすべきだと思います。何となくの雰囲気で「戦争反対」と叫ぶ学者もいますが、無闇に目くじらを立てるだけではいけません。日本はアメリカから兵器を買い続けるのか？　北朝鮮の脅威にどう立ち向かうのか？　学術会議では、そういった議論をしているのでしょうか。母国を守るための研究であれば、防衛省の予算をもらっても何も問題はないでしょう。安全保障の技術は、二番ではなく、一番でないと意味がない分野です。科学者には本当の意味での信念を持って欲しいと思います。

◉未来の可能性を評価せよ

ここまで民間から資金を得ることの功罪についてお話をしてきましたが、既存の国の研究費の配分方法についても変える必要があります。

現在、研究者の優劣は論文のインパクトファクター（ＩＦ）によって評価されています。

ＩＦとは学術雑誌の影響力を示した数値ですが、論文や研究者個人を評価するための指標として応用されています。例えば、ＩＦの高い「ネイチャー」や「サイエンス」に英語論文が掲載されると何十点という高い数値が得られ、日本語で書かれた名もない雑誌では低い数値にしかなりません。それを合算した点数が評価値となります。その数値はえこひいきや偏見を排しており、本来のＩＦが被引用回数の過去数年の平均値で計算されているため、ある程度、客観的な数値なので良い面もあるでしょう。

ただし、仮に研究者に当てはめられる面があるとしても、ＩＦは「過去の実績」を評価したものにすぎません。つまり、誰も手をつけていない分野への挑戦的な研究は適切に評価できず、「未来の可能性」を測れないのです。また、ＩＦの数値が大きいということは、その分野の学問が流行《はや》っているということです。今で言えばＡＩ（人工知能）の研究などがそうでしょう。ただ、私に言わせれば「流行っている」は「手垢《てあか》がついている」と同義でもあり、独創的ではないということになる。ノーベル賞を受賞するような研究になる可能性は低いと言えます。ちなみに、私がノーベル賞をもらったイベルメクチンに関する論文のＩＦは「２」前後と、とても小さかったことをお伝えしておきます（笑）。

またＩＦに基づく研究費の配分は研究者を評価する第一線の教授の負担にもなって

います。特に日本学術振興会が管轄する科研費の申請に関しては、多忙な先生など一部の研究者に評価の仕事が集中しています。短期間で何本もの論文を読み、その研究者の論文が得ているＩＦの合計を計算しなければいけません。この手間は有能な教授から研究時間を奪っており、日本全体の論文数の減少にもつながっているでしょう。

では、どうしたらいいのか。私は専門分野別の評価を一部にとどめ、大学にある程度自由に使える金を交付すべきだと思います。そうすれば学長や学部長の判断で研究の「未来」を評価し、特色ある研究にお金を投下できるはずです。

例えば「山梨大学さん、百億円あげます。しっかり研究をやってください。ただし、成果があがらなければ二、三年で減額です」と言われれば、どこの大学でも必死に研究者を育て、研究環境を整えようとするはずです。自然と大学間で健全な競争が生じ、大学内でもいい意味で研究者の緊張感を高められるはずです。

現状では、自然科学分野の研究費の配分は、東大、京大など旧帝国大学と東工大の八校に大きく偏っています。さらに国立大学と私立大学に配分される国からの研究費の格差はそれ以上に大きい。私が教授になった四十年ほど前、文部省が複数の研究分野にまとまったお金を配分することになり、「私立大学も入れろ」というお達しだったので、北里の私の研究費もその交付対象にしてもらいました。ただ、申し訳程度の研究費しか回ってきませんでした。

大学名や国立・私立を問わず、いいものは伸ばすという方針を大前提にして、大学教育の資金配分のあり方を変えていくべきです。

◉高卒補助員が学会長に

私の教え子で教授になった連中がよくぼやいているのですが、いまの学生は極度に失敗を恐れてしまうそうです。「失敗は成功のもと」という言葉を知っているだけでそれが身についていないのかもしれません。

戦後の日本は貧しく、懸命に努力しないと世界に取り残されるところから再スタートを強いられました。そのため、当時の研究者には、いまとは、比べ物にならないほどハングリー精神がありました。翻って今は、バブルが崩壊したと言っても豊かで安定した社会であることは間違いありません。そのせいか、失敗に耐え、もう一度やり直すための活力が失われてきたのだと思います。ですから、若い人の前で話をするときには「成功した人物は誰よりも失敗している。うまくいかないときはまだ失敗が足りないんだと思いなさい」と伝えるようにしています。

現在までに私の研究室出身者は、百二十名が博士号を取得し、そのうち三十一名が大学教授になりました。これは、私が人材育成を第一に掲げ、研究室を運営してきたことの成果だと思います。

先ほど述べたとおり、私はアメリカで一年半ほど研究生活を送ったのですが、その環境はとても恵まれていました。ノーベル生理学・医学賞を受賞していたハーバード大学のコンラッド・ブロック博士と共同研究をして、二本も共同で論文を書くことができましたし、多忙なティシュラー先生から優秀な学生や大学院生を預かって、最先端の物質構造決定の実験の指導もしていました。

ですが日本に帰ってくるとそうはいきません。帰国後間もなく北里で研究室をもらえることになったのですが、割り当てられたのは高卒の補助員が二人、学部卒が一人、修士課程修了者が二人。それだけです。

当初、この陣容ではとても世界に通用する研究にならないと思いました。ただ、このメンバーでもできる実験をやっていこうとすぐに頭を切り替え、補助員を含めて全員に学位をとらせようと決意。育てている間は、メルクからもらったお金で、他の研究室出身で就職が決まらないでいる博士号取得者、今でいうポスドク（ポストドクター）を雇って戦力補強しました。

その高卒のメンバーに高橋洋子さんがいます。当時、抗生物質や微生物を扱う研究室では主として試験管やシャーレを洗い、滅菌する補助員を雇っていたのですが、その一人が高橋さんでした。彼女は山形・寒河江《さがえ》の出身で、高校を卒業した後、安定した職につける臨床検査技師の資格をとり、田舎の病院に就職しようと夜間の専門学校に通っていました。ですから、当初は研究者になろうなんてまったく考えていませんでした。しかし、私は彼女の資質を見込んで「その洗い物が終わったらこんな実験をしてみないか?」などとそそのかしていくうちに、だんだんその気になってきた。「大村に騙《だま》されてこき使われているんじゃないか」とも家族から言われたそうですが、ひたむきに研究を続けてくれた。新しい菌株を発見して論文を書き博士号を取得、海外へも留学して教授にもなり、私でさえやったことのない放線菌学会の会長も務めるまでになりました。

高橋さんの例からもわかる通り、志の高い学生を引き抜いてくるのではなく、高く押し上げる、というのが私の方針です。そのときに大切なのが夢を持たせること。高橋さんには「浜田雅先生のようになりなさいよ」と、この分野の女性研究者なら誰しもが憧れる人の名前を出したりもしていました。メンバーの性格や長所を把握して、伸びるようにしてやるのがリーダーの役割です。

リーダーとして後進を育てることを私が重視したのは、自分自身が何人もの良き師と出会えたからです。道元禅師の言葉通り、「正師を得ざれば学ばざるに如かず」です。

私の最初の師とも言えるのは、祖母です。祖母には他人が嫌がることは自分が一番先にやってみせろと教えられ、中学生の頃からトイレ掃除を率先して引き受けていました。北里で助教授になった後も、皆が嫌がる共用の機械の管理を引き受けたり、就職課の職員の意識を変えるために製薬メーカーに引率して行ったこともあります。現場や学生のことが一番わかっている助教授たちの意見をまとめるために会をつくり、そこで出た意見を教授会にぶつけたこともありました、上司からすれば面倒くさい若造だったかもしれませんが、教え子たちはそんな私の背中を見てくれていたと思います。

また、高校・大学時代にスキーを学んだ横山隆策先生からは「他人と同じことをやってもその人どまり」ということを勝負の中で教えられました。私が卒業時の山梨大学の学長だった安達禎先生からは、部下を掌握するための心構え、つまり帝王教育を受けたこともあります。

振り返ってみると、アメリカでのティシュラー教授やブロック教授との出会いも含め、人生の岐路で常に一期一会とも言えるような正師に巡り合えたことが、私にとって大きな財産になっています。

◉小学校に理科専任教師を

今後、科学を再興するためにどんなことをすべきなのでしょうか。その問いへの私の答えのひとつが、小学校における理科教育の充実です。

現在、小学校では英語は専任教員をつけるための予算がついていますが、理科は専任がまだ少なく、担任の先生が英語を除く全教科を教えています。また、実験に必要な器具がすべて揃っている学校は少数派でしょう。これでは十分な理科教育ができるとは到底思えません。

教科書の内容を正しく覚えさせるだけでは、科学を教えることにはなりません。子どもたちに身の回りの現象や自然の奥深さや不思議さに関心を持たせ、「なぜこうなるの?」という疑問を深掘りさせていく、つまり科学的思考を持たせることが何より重要なのです。そのために特に大切なのが実験でしょう。

そして学校の授業で、実験を通して子どもたちの科学的好奇心を刺激するためには、しっかりした準備と先生自らが普段から実験を続けていることが必要になります。

ただし、現状では学生時代に少しやっただけで、その後はまったく実験と疎遠になっている先生が、マニュアル通りの〝実験もどき〟を見せているだけです。また、現場の先生方の話を聞くと、小学校入学の段階で親から基本的なしつけをされていない子どもが増えており、教室がまるで動物園のような有様になることもあるそうです。静かに授業を聞かせるようにするだけで、一、二年かかってしまうとボヤいていました。これでは先生に実験をする余裕はありません。

現状に危機感を抱いていた私は、一九九五年に仲間と共に山梨科学アカデミーを設立しました。このアカデミーでは、会員である県内の大学教授やゲストの先生に協力を呼びかけ、毎年山梨県内にある三十校ほどの小・中学校を回ってもらい、講義と実験をやってもらっています。

この活動を始めて二十二年になりますが、参加した小学生に感想文を書いてもらうと、その内容が生き生きとしていて、実験を楽しんだことが伝わるものばかりです。

その一例をご紹介します。

〈このセミナーで科学の実験って少し怖いけれど楽しいんだなあと感じることができました。私が一番楽しかったのは、一斗カンをつぶす実験です。カンがポン！　とつぶれたときはびっくりしたけど、水をかければかけるほどカンがつぶれていく様がおもしろかったです。原理は難しいけど、実験は楽しそうなので、また家でもやってみたいと思います〉

こういった文章を読んでいると、理科の楽しさを思い出しますし、楽しい実験を含めた小・中学生への理科教育の大切さを痛感します。

ただし、本来これは国がやるべきではないでしょうか。「理科離れ」が叫ばれて久しいですが、これまで抜本的な対策はとられずじまい。英語教育も大切ですが、理科にも少なくとも小学校高学年からは実験のノウハウを持つ専任教員をつけ、その先生がひとつの学校に所属するのではなく、県内の小学校をぐるぐる回って授業や実験をするという体制を作るべきです。

そして、科学教育において、私が最も重要だと思うのは、小さい頃から自然に触れることです。

海や山、それが無理なら公園でもいい。親は子どもが植物や昆虫、動物、そして水、雪、土といった自然に触れる機会を増やしてあげてほしいのです。そこで湧いた興味や疑問こそがあらゆる自然科学の出発点になると思います。

以前、日本の自然科学系のノーベル賞受賞者が、小学校時代をどんな場所で過ごしたのかを調べてもらったことがあります。すると予想通り、東京育ちの方はほとんどいませんでした。二〇〇〇年以降の受賞者十七人のうち、東京で育ったのは小柴昌俊《こしばまさとし》先生だけで、あとの十六人は地方育ち。私も山梨の田舎で育ちました。実家は百姓でしたから、家族の生活自体が自然や季節の移り変わりとは切っても切り離せなかった。研究者になり、顕微鏡で微生物を毎日見ているときも、子どもの頃の記憶が蘇ってくることがたびたびありました。

教育に関して語りだすと、それぞれ意見がある百家争鳴状態になります。ただ、予算をつけ、制度設計をする政治家や官僚はもちろん、何よりも後進を育てる立場にあるリーダーには、本質を見極めた判断をしていってほしいと思います。

（聞き手——馬場錬成）

インタビュー

高い山を乗り越えて初めて事は成る

◉人真似ではダメ　一歩先んじよ

――大村さんの開発された薬によって世界で二億五千万人もの人が病気から救われているそうですね。

大村　それは「イベルメクチン」といって、もともとはメルク社（米）と共同で家畜やペットの寄生虫病の特効薬として開発して、世界中で使われているものです。それが人間の病気にも使えることが分かり、WHOが注目したのです。

例えば疥癬《かいせん》といって老人ホームなどに多い皮膚病がありましてね。患者さんからす

ぐ看護師さんにも感染してなかなか治らないんですが、この薬を一回飲むだけでピタッと治るんです。皮膚科領域の革命だといわれています。

この薬によって、熱帯地方によくあるオンコセルカ症という目が見えなくなる病気や、リンパ系フィラリア症といって脚が象みたいに太くなる病気がほとんど感染しなくなって、WHOも二〇二〇年には撲滅《ぼくめつ》できると発表しました。

――大変なご努力の賜物《たまもの》でしょう。

大村　研究そのものはそんなに難しくはないのですが、何を考えて取り組むかということが大事です。

そういう意味で僕は、人があまり考えないことで世の中の役に立つのが自分の使命だと思い、人がやっていないようなことに絶えず挑戦してきました。

このイベルメクチンも、我われが発見した世界で唯一の微生物がつくる化合物から開発した薬です。これ以外にも創薬に結びつく化合物を含む新たな四百六十種類（＊二〇二三年現在は五百二十種類となっている）の化合物を発見するなど、世界で最初に手掛けた研究が多数あります。

とにかく僕が携わっている化学や微生物の分野では、創造性が大事で人真似は絶対にダメ。もちろん学問ですから先人の業績を勉強することは大事です。だけどそこから一歩先んじようという気概がなければなりません。

若い研究者にもいつも言うんです。新しいことをやりなさい、そうすると人を超えられるんだよと。人真似はどんなによくてもその真似をした人のレベル止まりです。失敗を恐れず、新しいこと、人がやらないことに挑戦してこそ人を超えるチャンスを掴《つか》めるんです。

――その分苦労も多いでしょうね。

大村　確かにそうですね。

僕が学生時代にやっていたスキーのクロスカントリーという競技は凄く辛くて、坂を登る時は心臓が破裂するくらいきついんです。それを登り切ることで結果が出るんですが、大概が途中で休んでしまう。僕はそこでいつも頭を切り替え、自分を励ましながらやってきました。この登りは俺だけじゃなく皆が大変なんだ、ここが頑張りどころなんだと。

かつて経営難のため自分の研究室を閉鎖すると言われたことがあります。その時も僕は研究室の使用料、研究費、そして五人の研究員の給料を自分で賄《まかな》い、独立採算で存続させました。

あの頃は研究費がなくなった夢を見ては夜中に飛び起きていたものです。けれどもそこでなんとか踏み止《とど》まったからこそ、その後たくさんの新薬を開発して多くの人を救うことができたんです。

——なぜ踏み止まれたのでしょう。

大村　自分の中に強い使命感があったんです。日本だけでなく世界でも通用するものを見つけたいと。そういう思いを抱いて一所懸命やっているのに閉鎖と言われたので、なおさらやりたくなったんじゃないでしょうかね（笑）。

◉夜間教師から世界を目指す

——研究のお仕事は早くから志しておられたのですか。

大村　いえ、僕は山梨の農家に生まれたので、いずれ農家を継ぐのだろうと漠然と考えていました。ですから勉強もあまりせず、スキーなどのスポーツに熱中していたのですが、高校三年の時に虫垂炎《ちゅうすいえん》を患って療養していた際に、父親から大学進学を勧められましてね。そこから猛勉強をして地元の山梨大学の自然科学科に入ったんです。

学科の履修内容に沿って教員採用試験を受け、東京都立墨田工業高校の理科教師になりました。そこでは昼間と夜間の選択ができ、拘束時間が短いと考えて夜間を選んだことが、人生を大きく変えるきっかけになりました。

――詳しくお話しください。

大村　学期末の試験の時にふと見ると、答案を書いている生徒の手が油で汚れていたんです。昼間工場で一所懸命働き、なんとか仕事に区切りを付けて登校して試験に臨んでいたのですね。みんなそこまでして勉強しているのに、俺はいったい何をやってきたんだろう。受験の前こそ必死で勉強しましたが、あとはスポーツと遊びに明け暮れてほとんど勉強などしなかった。深い反省の念が胸を突き上げてきましてね。よし、もう一度勉強し直そうと一念発起したのです。

そこで夜間教師を務めながら東京教育大学（現・筑波大学）と東京理科大学の大学院とで五年間学んで下地をつくり、山梨大学の助手になり、さらに㈳北里研究所の研究員になったんです。昭和四十年、三十歳の時でした。

――見事な転身ですね。

大村　実はそんな僕を父親が心配しましてね。息子が心を入れ替えて学び直し、研究者にまでなったことは喜ばしい。けれども地元の学識者たちから、この経歴ではあまり将来性がない、教師を続けて将来は校長にでもなったほうがいいと言われたそうなんです。

それを聞いた時に思ったんです。日本でダメだというなら、世界を目指せばいいじゃないか。そのほうがやり甲斐があると。

そのためには、なるべく外国で自分の研究が目立つようにしようと考えて、当初から論文はほとんど英語で書きました。当時そういう研究者はほとんどいなくて、生意気にさえとられるような時代だったんですが、恩師からも、英語で書かなければ世界の人は読んでくれないぞとよく言われていました。ですから必死で英語で書いて自分の意志を貫いたんです。いま読み返すと随分ひどい英語を使っていますけれどもね（笑）。

◉いつも苦労をするほうを選んできた

――北里研究所での研究生活はいかがでしたか。

大村　ありがたいことに、研究所の看板ともいうべき大研究者だった秦藤樹《はたとうじゅ》先生に直接仕えることができました。そこで雑務から入り、そして複雑な構造を持つ抗生物質の構造決定（物質の化学構造を決定する過程）の研究に取り組み、四年後に助教授に昇格しました。

――着実に階段を上っていかれたのですね。

大村　研究に没頭できることが嬉しくて、毎朝六時には出勤していましたね。そこからさらに視野を広げるため、六年後にはアメリカに留学しました。

留学先を決めるため、五つの大学に手紙を出したらすべて受け入れてくれるとの返事が返ってきました。ところが給料の提示がいずれも一万五千ドル前後だったのに対して、一か所だけ七千ドルと極端に低かったんです。大学院時代に結婚して苦労をかけてきた家内を思えば、当然一ドルでも高いところがいいのですが、僕はその低いところに強く惹《ひ》かれたんです。これは何かあるぞと。他の大学がいずれも手紙だったのに対して、そこだけは電報でどこよりも速く返事がきたことにも誠意を感じ、僕はその大学を選びました。

結果的にその選択がよかったんです。僕に最も低いオファーを提示されたのはウェスレーヤン大学のマックス・ティシュラーという先生だったのですが、実は他の先生を遥《はる》かに凌《しの》ぐ大物で、僕が留学してほどなくアメリカ化学会の会長に就任されたのです。僕は忙しくなったティシュラー先生の代わりに研究室を任され、先生の元を訪れるノーベル賞学者などを何人も紹介されました。そうして一年ちょっとの間に先生と共著論文を七報書くこともできたのです。

本当に素晴らしい環境でしたから、ずっとそこで研究を続けたかったのですが、北里研究所からの要請で予定より早く帰国しなければならなくなりました。そこで企業との共同研究で研究費を確保すべく製薬企業を訪問していた時に、ティシュラー先生は、メルクという世界的な医薬品会社をご紹介くださり、共同研究の契約を結ぶことで多額の研究費を確保して日本に戻ることができたんです。

――不利な選択が逆にここまで大きなチャンスに繋《つな》がるとは。

大村　僕の場合、どちらに行くか選ぶ時には、不思議と苦労するほうばかり選んでいるんです（笑）。

帰国後、北里大学薬学部の教授を務めていた時も、そこを辞めて経営難に陥った北里研究所の副所長になりました。これだって、赤字の研究所の副所長よりは、教授でとどまっていたほうが給料も断然いいわけです。

だけど僕はそこでどっちが大きな仕事ができるかを考えたんです。やっぱり世界に名の通った北里研究所のために力を尽くしたい。それで教授を辞めて退路を断《た》ち、必死で立て直しに邁進したのです。僕の本気が伝わり、先輩方からも「あれでおまえを信用したんだ」とたくさんの支援をいただきました。

もちろん容易なことではありませんでしたが、なんとか立て直した上で北里研究所が創立五十周年記念事業で資産のほとんどをつぎ込んで創立した北里大学と統合しました。至誠天に通ずといいますが、これを身をもって体験したんです。

◉徹底的に行った経営の勉強

――経営者の視点も併せ持って活躍してこられたのですね。

大村　一般に経営を研究するといいますが、僕はその逆で「研究を経営する」と言っているんです。

――研究を経営する。

大村　ええ。まず研究ですから新しい有用な化合物を見つける様々な方法を考案し、研究費を確保して研究が継続できるよう資金繰りも考える。一方で研究者の人間形成も含めた育成や、研究成果を社会に還元することにも尽力する。それらを包括して研究を経営すると言っているんです。

普通、大学の先生がそのまま大学の経営を手掛ける時は、なんとなくそれまでの延長線上でやるんですが、それではダメです。教授は教授で偉いけれども、経営者としてはまったくの素人です。ですから僕は、まず一年かけて徹底して経営の勉強をしたんです。

まず家内の恩師から紹介いただいた経営学の専門家・井上隆司《りゅうじ》先生につき、貸借対照表の読み方など経営実務の初歩から紐解《ひもと》いていただきました。また日本興業銀行の副頭取から東洋曹達《ソーダ》の経営を手掛けられた二宮善基《にのみやよしもと》さんが、研究所の創始者・北里柴三郎先生に縁のある方だったので、こちらにもお願いして帝王学を学びました。お互いに忙しい身ですからいつも食事を兼ねてお会いして、事業の心得から人を導くリーダーシップまで、様々に勉強したんです。

――実際に研究所をどのように立て直されたのですか。

大村　そこで学んだことをもとに、まず職員の数を合理化して三分の二にしました。やみくもに人員を減らすのではなく、補充を控えながら合理化を進めていきました。

例えて言えば、それまでは秋につくるワクチンと春につくるワクチンがあれば、それぞれに携わる人員を満杯に確保していたんです。だから自分がワクチンを製造する時以外は遊んでいる。そこで秋のものも春のものもつくれるように技術を覚えてもらい、同じものを三分の二の人員でつくれるようにしたんです。

それから、グループの病院で優秀な医師を院長に任命して活性化を図るとともに、我われが発見したイベルメクチンの特許料で、埼玉県北本市に新たに「北里研究所メディカルセンター」（KMC）を立ち上げました。

東京海上や日本航空の経営で辣腕《らつわん》を振るわれた渡辺文夫さんも北里研究所と縁のある方でしたが、僕のいないところで褒めてくださったらしいんです。大村は大会社の社長も十分務まると。それを伝え聞いた時は嬉しかったですね。

◉人の恩は石に刻め

――見事な実績を重ねてこられましたね。

大村　たくさんの方々に支えていただいたおかげです。一期一会が僕の信条でもあるんですが、これまで出会いを大事にすることには特別に心を砕いてきました。ところが往々にして人は出会いを大事にしない。お世話になりっぱなしで、後は忘れてしまうのです。受けた恩は石に刻めといいますが、恩を忘れてはダメです。

僕はこれまで本当にたくさんの方々のお世話になりました。アメリカ留学にお力添えをいただいた日本抗生物質学術協議会元常任理事の八木澤行正《ゆきまさ》先生、この北里研究所で私を引き上げてくださった元所長の水之江公英《きみふさ》先生、若い頃様々な人生訓を与えてくださった山梨大学元学長の安達禎《ただし》先生、そしてマックス・ティシュラー先生。挙げればきりがありませんが、どの方にも誠心誠意尽くす中で認められ、導かれてきました。本当に僕は恵まれた男だと思います。

――その姿勢はまさに「その位に素して行う」そのものとも言えそうですね。

大村 そうかもしれません。僕はいつも、自分の立場でどうすべきかを徹底的に分析し、その上で自分の弱いところを補ってきました。研究所に戻ってきた時に経営を学んだのもその一環です。

何かを成そうという時には、ネックになることがいろいろあるものです。だからダメではなく、高い山を乗り越えて初めて物事は成せるんです。お金がなければいかにお金を集めてくるか、人がいなければいかに育て、活用するか。

与えられた場で自分の役割を果たすことは大事です。しかしただその場に甘んじているのではなく、そこを乗り越えて、自分でなければできないところを見せなければいけないと思います。そういう気概で歩んできた結果、化学者としては一流でも二流でもない僕が、一流の化学者以上の実績を積み上げることができました。

先年、百二歳で大往生された松原泰道ご老師に僕は大変懇意にしていただいていました。そのご老師からいただいた「生ききる」という色紙が自宅の仏間に飾ってあります。僕はこれからいよいよこの「生ききる」を実践していきたい。後進を育て、独自の新薬の開発を通じて社会に貢献していきたいですね。

筆者による自筆の書

未来をになう少年達へのメッセージ

一

家庭は、皆様がやがて大人になって社会に出て行くための準備の場所です。

この中で自分の役割を何か持つことが必要です。庭を掃く、廊下を拭く、など家の中での役割を持つことで、社会に出て世の中に果たす役割を自然に身に付けるようになります。

二

神社やお寺の前に立ったら、手を合わせて自分を世の中の役に立たせて下さいと、祈ります。すると、祈ったように世の中に役立つ人間に近づくことができるようになります。

三

スポーツでも、家の手伝いでも、体を使い肉体的に大変なことを経験することで、困難に打ち勝つ強い精神力を持つことができます。

四

学校で得意な科目は大いに勉強して下さい。そして不得意な科目もしっかり頑張ると、社会に出た時に自身の得意なものをより多く社会に生かすことができます。

五

これからの社会は外国人とのお付き合いの機会が多くなります。そこで、外国語と共に、大事なのが日本の優れた文化を理解して身に付けておくことです。

六

こうなりたいという希望や夢はいつも持ち続け、努力していると、それが実際に可能になってきます。

七

努力することの心得

「積み重ね、つみ重ねても、またつみかさね」▽（内藤多仲先生の言葉）

八

「人生は習慣の織物である」

悪い習慣は止め、良い習慣を身に付け、生活しましょう。

九

何をやるにしても想像することから始まります。優れた想像力を身に付けて行動することで豊かな人生を送ることができます。

十

読書によって優れた想像力が養われると共に自分の考えを他人に的確に伝えることができるようになります。

十一

大自然に親しんでいると、人生で重要なことを学ぶことができます。自然はいかなる教科書にも優ります。

十二

美しいもの（自然、美術品、音楽など）に接することで、優れた感性が養われ、心豊かな人生を送ることができます。

十三

色々な人と知り合い、お友達になり、偽りのないお付き合いを大事にしていると、幸せな人生を送ることができます。信頼のおける友人は人生の宝です。

十四

キリスト・釈迦と並ぶ三大聖人の一人、孔子の教え「人生でいつも心がけなければならない一番大事なことは、『恕』（思いやり）です」。

十五

幸せな人生を送るための言葉

ありがとう。

おかげ様。

すみません。

おめでとう。

十六

人は一人では生きられません。両親はもとより、いろんな人々の導きや助けによって人生を歩んでいくことができるのです。それらの人々に感謝の気持ちを忘れないようにすることが大事です。

十七

若い頃は色々なことをして失敗することが多くあります。しかし、それは反省して、繰り返さないことです。すると、失敗が人生の宝になります。失敗を恐れず、挑戦することが大事です。失敗を恐れるより、挑戦しないでチャンスを逃すことを恐れましょう。

何事でも成功した人は誰よりも多くの失敗をしていると思います。

III

コロナの時代と人類の未来

新型コロナ禍と祈り

神社や寺院の縁起を読んでいると多くの場合、人々は病気平癒を祈願して、これらを建立していることを知ることができます。

著名な例としては、奈良の薬師寺があります。天武天皇（六二二～六八六）が皇后のために六八〇年に建立したと言われています。皇后は病気平癒の祈りが叶って健康を取り戻し、後に持統天皇（六四五～七〇三）となっています。天武天皇は寺の完成を見ずに崩御したとのことですが、皇后の病が治ったことで、当時の人々は本尊薬師寺三尊像の霊験あらたかなことを深く信じたことと思われます。また、時代は少し下って、聖武天皇（七〇一～七五六）は、全国に国分寺・国分尼寺の建立をする詔を出し、当時猛威を奮っていた天然痘の流行を仏の力によって治めようとしたと言われております。聖武天皇の妃、光明皇后（七〇一～七六〇）は天皇が亡くなった後、天皇ゆかりの品々や寺宝、そして文書などを集めて納めた正倉院を建てたことで知られています。正倉院は、現存する世界最古の博物館で、まさに我が国が世界に誇れる文化遺産であります。

光明皇后は歴史上有名な藤原鎌足の子、藤原不比等《ふひと》の娘で、民間から皇室に入った最初の皇后と言われています。聡明な方で、貧しい人々や病人を救うために悲田院や施薬院を造ったりと、歴史に残る慈善事業をされております。

光明皇后のことには、印象深い話があります。貧しくて風呂に入れない人々のために風呂を作り、自ら人々の背中を流している時、千人目にきたのが癩《らい》（ハンセン病）を患ったものだったのですが、妃は他の人と同じように風呂に入れ、背中を流し、病の患部の膿《うみ》を口で吸ってあげたというのです。そうしましたら、その患者は「私は阿閦仏《あせんぶつ》である」と言って忽然《こつぜん》と消えました、その辺りには光と芳香が立ち込めていたと言うことでした。この病人を差別することなく手当てした光明皇后の故事は疫病のことが話題になる度に私は思い出しております。

私の出身地、山梨県韮崎《にらさき》市神山町の武田八幡宮の摂社として為朝神社（地元の人々には「為朝さん」と呼ばれています）が所在しています。これには鎌倉時代初期、剛弓で剛勇無比と言われて名高い鎮西八郎源為朝公（一一三九〜一一七〇）が祀《まつ》られています。郷土史資料によると、この神社は、現在の韮崎市神山町武田に館を構えた甲斐武田氏

の始祖、武田信義公（一一二八〜一一八六）が建立したと伝えられています。ちなみに信義公の曽祖父義光は、為朝公の曽祖父義家と兄弟で有り、信義公は十一歳若い為朝公を非常に深く尊敬していたと言われております。信義公は、この神社で鎌倉幕府を起こした源頼朝の圧政による存亡の危機に瀕していた武田家の安泰を祈ったのです。

中国、唐の皇帝玄宗の夢の中に鍾馗《しょうき》が出てきて悪魔を祓《はら》い病を癒したという故事から、これを朱で描いたものが疱瘡《ほうそう》（天然痘）除けに用いられておりました。我が国でも江戸時代にこの鍾馗とともに、桃太郎と為朝公の赤絵が疱瘡や麻疹除けの呪いに用いられたと言われています。また、為朝さんには遠方からも多くの参拝者が訪れ、これらの疫病にかからないように祈ったと言い伝えられています。

この為朝さん界隈は私が小学生時代の遊び場所でしたが、水晶でできていた為朝像の眼の片方が抉《えぐ》り取られているのを見て、友達と「これをやった人はきっと、目が潰れたと思う」などとささやいていました。現在は立派に修復されています。(写真)

ところで、今年(二〇二〇年)の春頃から始まったコロナ禍は、収まる気配もなく、目下、予想だにしなかった不安な状況下で自粛生活を余儀なくされています。

自粛生活が始まった当初は、以前、買い込んでいたカミュの『ペスト』とか吉村昭の『破船』などを読みながら、人類は度重なる感染症の恐怖にさらされて来たことに思いを馳せていました。

このような中で新型コロナ禍は、一層勢いを増して全世界に拡大しており、十四世紀にヨーロッパの人口の三分の一が死亡したと言われるペスト、一九一八年の四千万人の死者が出たスペイン風邪、さらには死者百万人と言われる香港風邪などと、過去に人類に襲いかかった感染症(疫病)の歴史上の事例の悲惨な様とを重ねることが出来るように思います。今や、世界で二千万人余が感染し、死者も七十五万人余になっていると報道されています。これら過去の感染症の恐怖に晒《さら》されてひたすら祈るしかなかった時代と比して、遥《はる》かに科学が進歩して来ている今日であっても、今回の新型コロナに直面すると、科学の力不足を感ぜざるを得ません。とは言え、現在の科学は、これに対処する術を構築することは、可能と思われます。

私ども北里研究所では、今年の二月にいち早く抗コロナ薬の創薬研究を始め、既に有望な抗新型ウイルス化合物を見出しています。この研究を進めていたところに、四月になって一九八一年に動物薬としての発売が始まり、加えて一九八七年からは、ヒト熱帯病オンコセルカ症及びリンパ系フィラリア症の撲滅作戦に、現在四億人が服用しているイベルメクチンがなんと新型コロナ感染症に有効であると中南米の国々での観察研究が次々と報告されるようになり、闇夜に光を見出す思いになっています。このことで、暇になるはずの日常がインタビューや原稿執筆依頼などで、忙しい日々になってきました。目下、この有効性を科学的に実証するために全世界にわたり、三十三か所の大学や研究機関の病院で、医師主導により治験が始まっており、この同人誌が出版される頃には、朗報が得られることを期待しているところです。

新型コロナ感染症で親が亡くなっても会うことも控えさせられている遺族がいる最近の状況であっても、せめて亡骸《なきがら》に面し、冥福を祈りたいのが人情というもので、コロナを実に憎らしく思います。

天平の時代と異なり、病気の原因もわかり、これを防ぐ方法もわかってきている今日、ストレスの多い中で活躍している医療従事者に感謝しつつ、人から病がうつされないこと、そして他人にうつさないよう心がけることが、光明皇后の行為からすれば、小さいことですが、慈善行為と心得て行動していきたいものです。

目下、盂蘭盆《うらぼん》というのに東京から韮崎への帰省は控えていますが、早期に帰省が可能となり、お墓参りをしたり、為朝さんにお参りしたいと思います。また、イベルメクチンが患者を救うようになり、新型コロナ禍が早期に収まるようお祈りをしたいと思っています。

コロナの時代とイベルメクチン

【一】始めに

今や世の中が大きく変わる時代になっているのか、前代未聞の事柄に出会う。

私達と米国メルク社の研究者達と共同で発見・開発したイベルメクチンは、当初は動物の寄生虫の薬として開発された。一九八一年発売が開始されて三年目から、世界の動物薬の中では売り上げ世界一位を二十年間保ち、動物薬としては、初めてと言って良い医薬品のブロックバスター薬の仲間入りをした。当時、WHOは重篤な熱帯病のオンコセルカ症の治療薬を探していたことから、メルク社の共同研究者の一人ウィリアム・キャンベル博士（William. Cambell）がイベルメクチンがこれにも使えるのでは、と予想され、メルク社はWHO及びTDR（熱帯病教育研究機構）と共に大掛かりな治験でその有効性を確かめた。この熱帯病はブユによって媒介されるオンコセルカ・ボルブラスという線虫によって引き起こされ、毎年数万人が失明し、厳しいかゆみの皮膚病に悩まされていた。

二〇〇〇年には、この薬と合成寄生虫薬アルベンダゾールなどの併用で世界で一億四千万人が感染しているリンパ系フィラリア症の撲滅作戦でも使われるようになった。両熱帯病の撲滅作戦も成功を収めつつあり、既にいくつもの国で両熱帯病を撲滅している。これらの熱帯病に加え、疥癬《かいせん》や糞線虫症などの治療薬にも使われており、それらを合わせるとイベルメクチンは、世界で年に四億人ほどに投薬されていると言われている。

【二】寄生虫薬から抗ウイルス薬へ

このような流れの中で、二〇一二年にRNAオーストラリアのK・M・ワグスタッフ（Klyie M. Wagstaff）博士らにより細胞レベルでRNAウイルスの増殖を阻害することが明らかにされた。その後、二〇一九年十二月に始まった新型コロナウイルス感染症（COVID－19）の起因ウイルスSARS－CoV－2の増殖をも阻止することを同博士により発表された。二〇二〇年五月頃からこの細胞レベルの知見を基に、南米においてオンコセルカ症やリンパ系フィラリア症に使われていたイベルメクチンをこのCOVID－19に使う医師達が現れ、その成果をSNSなどでツイートし始めた。数多く発表された報告の中で、初期に注目に値するものは米国フロリダ州のブロワード保健医療センターのJ・ラジター（J. C. Rajiter）博士ら医師団によるものである。関連病院に入院した二百八十人の患者の内、百七十三人にイベルメクチンを投与し、残りの百七人にはこれを投与しないで比較すると、イベルメクチン投与グループの死亡率は十五パーセントに対し、非投与グループは二十五パーセントであったと発表された。また、重度肺病変患者の死亡率についてみると、イベルメクチン投与群のほうが非投与群より三十八パーセント対八十・七パーセントと有意に低かった。これに関する論文は、医学専門誌CHESTに投稿され、今年（二〇二一年）の一月一日に誌上に現れた。このように、イベルメクチンのCOVID－19に有効であるとする臨床報告がソーシャルメディアや医学専門誌にて次々と発表されている。

【三】イベルメクチンの臨床成績

このような中で、早くからイベルメクチンに注目し発表される研究成果を精度の高い分析（メタアナリシス）を持って有効性を発表している米国の医師団ＦＬＣＣ（ＣＯＶＩＤ－19救命救急最前線同盟）の活動は目を見はるものがある。彼らは分析の結果から早急にイベルメクチンを臨床に使うべきとして主張している。この医師団はＰ・マリク（Paul E. Marik）博士の発案で始まり、Ｐ・コーリー（Pierre. Korry）博士が代表を務め、二〇二〇年三月から活動を始めた。その活動の初期からいろいろな既存薬の適応を視野に評価活動を続けて到達したのがイベルメクチンであった。このＦＬＣＣの活動に触発され、二〇二〇年の十二月に入って、医療統計学から評価を始めたのが、ＢＩＲＤ（英国イベルメクチン推奨・使用促進会）と呼称されるグループである。その代表がＴ・ローリー（Theresa A. Lawrie）博士で、彼女はイギリスの研究者の他、世界十七か国から仲間を募って医師団を形成して精度の高い分析を行っている。これらの医師団は世界各国から次々と発表される臨床報告を精査し、統計学的に評価した成果を編集して逐次報告書を出している。これらの活動には、北里研究所を代表すると共に、日本の窓口として八木澤守正教授が加わって活動している。

イベルメクチンの性質を端的に物語る話がある。ＦＬＣＣＣの発案者のマリク博士は高名なニューヨークタイムズのＭ・カプゾウ（Michael Capuzzo）記者からＣＯＶＩＤ－19に使われるべき完璧な性質は何かとの問いに対して「安全で、安価で、容易に入手でき、抗ウイルス活性を有し、その上、抗炎症作用を持つものである。人々はそんな全ての性質を持つ薬などはあり得ない、不可能で馬鹿げた話だというだろう。ところが、我々はそんな薬を持っているのだ。その薬はイベルメクチンと呼ばれる」と語っている。

【四】大手製薬企業の立場

アメリカの大手製薬企業メルク社には、製造販売元として、本来ならこの薬の正規の使用ができるよう薬の評価に加わって欲しいところだが、同社は非常に消極的で三月四日には日本に向けた声明を出して、イベルメクチンは、ＣＯＶＩＤ－19に対する治療効果を示す科学的な根拠は示されていない、薬の安全性に関するデータが不足しているなどと言ってイベルメクチンのＣＯＶＩＤ－19への適応に向けた活動にブレーキをかけている。有効性の実証もある上、ここにきて安全性はこの薬を熱帯病のオンコセルカ症やリンパ系フィラリア症の他、糞線虫症、疥癬への適応申請時に確かめていることと矛盾したことを言っている。

製造販売する会社によってイベルメクチンを評価する研究がなされなかったが、いわば医師有志グループによってこの薬の有効性が確かめられているという話は医薬の歴史の中で極めて異例のことである。メルク社の声明にはＦＬＣＣ及びＢＩＲＤのメンバーは強く反論している。ＦＬＣＣはアメリカで、メルク社の声明が二月に発表された折にはすかさず、オープンレターを持ってその声明の各項目に対して一つ一つ反論している。その反論を無視して、日本で三月十五日に先の声明を出したのは、日本における適応承認を妨げる何ものでもない。

【五】イベルメクチン適応に見られる奇談

次々と世界各地から送られてくるイベルメクチン関係の報告を見ていると、コロナ禍の中での世の中の奇談にも出逢う。アルゼンチンの刑務所では疥癬の治療のため、月一回イベルメクチンを受刑者に服用させている。すると、市井《しせい》のコロナ禍をよそに所内で一人も新型コロナに感染する人はいなかったなどという話も伝わってくる。

イベルメクチンがCOVID－19に対して諸々のメディアに効くと発表される論文が圧倒的に多いものの、一方では、効かないという論文も見られたりして、これらの整理に追われていると、規制当局のスタンス、そしてこれまでイベルメクチンを製造販売してきた製薬メーカーの思惑などが重なって、この薬の前途を重い空気となって覆い、私の気分まで晴れない。

私はイベルメクチンはCOVID－19の予防と治療に有効と判断している。一方、効かないという論文などは、某大手製薬メーカーと何らかの形でつながっている研究者によって書かれたものであることが散見される。では、某大手製薬メーカーはなぜ効かないと言って、使わせないようにしているかであるが、イベルメクチンは特許も切れていて販売されているのは、いわゆるジェネリックと言われる薬である。ジェネリックとは言え、それなりに製造販売事業は製造原価と販売価格から見て、採算が取れているはずである。ジェネリックを扱う企業は薬の開発への投資は少なくて済み、販売価格を低くしても十分に採算が合うのである。ところが、大手の製薬企業は多額の投資をして目下開発中の薬を持っていて、多大な利益を上げるために安い価格の物を扱うことはしないで、新薬製造販売に賭けることになる。ジェネリックのものが新薬に比して効果に遜色《そんしょく》がない場合はジェネリックは、新薬の営業に負の作用をすることになる。そこで、安全性や有効性が確かめられていないなどと言って、イベルメクチンのCOVID－19への適応承認を遅らせようとしている。これが大手製薬企業の立場であるが、それに止まらず、規制当局に圧力を掛けている様子が伝わってくる。ところが薬を使っている医療現場では、イベルメクチンが予防と治療に役立っているかどうかの真実を議論している。これまで、人類が経験したことのない感染症であると共に、致死率を見ても一刻の猶予も許されないCOVID－19に対する薬品規制当局の正義を待ちたい。

ところが、米国や英国の医師団（FLCCC・BIRD）などが真摯《しんし》に医療現場から上がってくるイベルメクチンの有効性を整理し、わかりやすくまとめてWHOやFDA（米国食品医薬品局）そしてEMA（欧州医薬品庁）など規制当局に提出しているにも拘《かかわ》らず、これら当局の対応は、COVID－19の感染拡大が世界的に多くの死者を出しているパンデミックの中、何か時間稼ぎをしているように振る舞っている。この姿勢をとる要因はやがて明らかになりつつある。それは日経新聞、四月四日の記事にあるように、大手製薬業界が開発競争を加速させているコロナ治療薬の開発の成り行きを見据えていることにあると思う。イベルメクチンは、これら開発中の薬とは作用機序も異なり、また安価で安全性についても実証されているイベルメクチンが先行して認可になるとすれば、前述のように、目下、開発中の薬の売り上げにも多大な影響が出ると考えられる。ＷＨＯや先進国の規制当局が揃ってビジネスに加担しているように思われる。

いずれ、真のサイエンスがイベルメクチンの予防と治療に果たす役割を明確にしてくれると思われるが、金儲けだけを考えている人物には高尚な思想は湧いてこない。

【六】COVID－19の流行が猛威を振るう中でのイベルメクチン

しばらくしてインドはＣＯＶＩＤ－19を抑え込んでいたかに見えたが、二〇二一年四月に入り、感染者が急激に増え始め、五月八日には一日の新規感染者が四十一万人余りとなり、死者数も増え、火葬場は死者の火葬が追いつかず、遺体が道路に溢れるほどにまでなっていることが報道され、世界中の人々が驚かされた。

ところが、この日をピークに今度は急激に新しく感染する人が減り始め、一か月後には十万人以下になった。この変化をもたらしたのは、ＦＬＣＣの助言に従って、イベルメクチンの配布を開始したことである。

そこで、その内訳を見ると、イベルメクチンの効果を如実に明らかにしている統計がある。例えば、インドのデリー（Dehli）とウッタル・ブラデーシュ（Uttar Bradesh）州は助言に基づき、四月二十日と二十二日にそれぞれ住民へのイベルメクチンの配布を開始した。両者共に、一日の感染者数が激減し、一か月後には前者が二万八千三百九十五から二千二百六十と九十二パーセント、後者が三万七千九百四十四から五千九百六十四と八十四パーセント減少した。ところが、イベルメクチンを配布しなかったタミル・ナードゥ（Tamil Nadu）州は逆に一万九百八十六から三万五千八百七十三と、三倍余りの三百二十六パーセント新たな感染者が増加している。タミル・ナードゥ州がイベルメクチンの配布を保留したのは、同州出身のWHO主任科学者S・スワミナサン（Sounya Swaminathan）博士が虚偽の情報を流布すると共に、イベルメクチンの使用を規制して他の抗ウイルス薬レムデシビルなどの使用を推奨していた。

このようなスワミナサン博士の指導によって多くのインド国民を死に追いやったとして、インド国立弁護士協会（Indian Bar Association）はスワミナサン博士に対して「法的措置を講ずる通知書」を送付したことを公表した。その後、追加して事務総長のテドロス（Tedros Ghaebreysus）博士にも同様な通知書を出したことを発表した。

コロナ禍の中で、前代未聞の話が次々と飛び込んでくる。このインド弁護士協会の行動にエールを送る仲間も多く、世の中には正義の味方もいることを思い知らされた。

このような情報を含め、国会議員、政府要人、厚生労働省の役人にせよ、ＣＯＶＩＤ－19に医薬品の規制に関わる人々は最近までに公表されたイベルメクチンのＣＯＶＩＤ－19に対する効果については既に十分知っていると思う。その中で、この薬を多くの国民に使い易くするように制度を改めないのは、まずワクチン接種の妨げになることに加えて、メルク社が開発中の「モルヌピラビル」の開発が完了するまで、メルク社の意向を汲んで時間稼ぎをしているためであるというのがＦＬＣＣＣの医師団などの人々によって公表されている見解である。規制当局関係者によって、イベルメクチンがこのような扱いをされているのは、なんと言ってもイベルメクチンのＣＯＶＩＤ－19の予防と治療に優れた効果を示していることを懸念しているのだと思える。

インド、ポルトガル、チェコなどでのイベルメクチン適用の成果は、ワクチンの副反応を心配しながら接種しようとする人々の気持ちを逸《そ》らしてしまう恐れのあることも理解できる。このような社会情勢の中でも、イベルメクチンの適切な処方を示し、ワクチンの必要性をも説き、両者が相まって、ＣＯＶＩＤ－19を克服し、初めて人々は安心して生活を送れるようになるのではないか。

現在の社会は、分断化が進み、資本主義・民主主義社会の正義が問われている。米国の全資産の三十パーセントを人口の一パーセントの富豪が所有している、と言うのは、格差社会時代の象徴だ。今回のイベルメクチンにまつわる流れを見ていると、発展途上国の治験が多く、優れた成果が発表されていても、これを評価しようとしない。先進国の規制当局と大手製薬企業の対応は、富と貧困の格差を益々助長する時代となってきている様子を示すものである。

【七】私のライフワークとイベルメクチン

私は、北里研究所の研究室（大村研究室）を持つことになった折に研究内容の方針を述べた。それは「微生物の作る化合物の中から、人類に役立つものを見つける探索研究を主とすること、そして当時医薬品開発、特に抗生物質の研究の中で、最も盛んに行われていたペニシリン系の抗生物質と、ストレプトマイシン、カナマイシンに代表されるアミノグリコシド抗生物質についての研究は一切行わないが、マクロライド系抗生物質*の研究は、私のライフワークとするので、協力して頂きたい」という内容のものであった。結果、多くの新しい抗生物質等を発見することができた。そして、マクロライドについても新しい特異な作用を発見することができた。それらに加えて、これこそ、神の恵みと言うべきマクロライド抗生物質、エバーメクチンの発見とイベルメクチンの開発に関わることができた。そして、このイベルメクチンについて、今日このような論評を書くことができ、まさにライフワークとなっている。

終わりに、至誠を持ってCOVID－19に立ち向かう医師を始め、医療従事者に敬意を表すと共に、深い感謝の念を抱きながら稿を終えることにする。

＊マクロライドという名称は、大環状ラクトン構造を有する抗生物質の総称で、一九六五年ノーベル化学賞受賞者R・B・ウッドワード博士によって提唱された。

新型コロナ感染症とイベルメクチン

——最近の話題

インドでは二〇二一年四月上旬には、一日に三十万～四十万人を超える新型コロナ（SARS－CoV2）感染者があったが、今や急激に減少している。ニューヨークタイムズはこのインドの感染者の急減は、unexplainable（原因不明）と伝えている。

このように世界の大手のメディアは実情を伝えず、どうして急激にCOVID－19患者が減少したのかを説明しようとしない。現地で何があったのか。

首都デリーやウッタル・プラデーシュ州がWHOの意向を無視してイベルメクチンを四月中旬頃から配布を開始して、みごとに制圧を果たしている。この様子はジョンズ・ホプキンス大学から発表される情報を見ると明らかである。八月十五日現在のインドの首都デリーとインド南部にあり、ほぼ同じ人口を持つケーララ州との感染者及びCOVID－19による死者の比較をしてみると、デリーは新たな感染者は五十三名で、死者はゼロであったが、ケーララ州では新規感染者は一万八千五百八十二名、死者百二名となっている。

また、インド全体の新規感染者は三万二千九百三十七名、死者は四百十七名である。インド全人口十三億人余りのたった三%の人口（三千四百万人）のケーララ州がインド全体の人口二十五%にあたる死者を出していることになる。

なぜこのようなことになっているか、COVID－19をほぼ制圧しているデリーやウッタル・プラデーシュ州はイベルメクチンを配布する体制をとっていたにも拘《かかわ》らず、ケーララ州は隣の州のタミル・ナードゥと共にWHOの指示に従ってイベルメクチンの使用をやめている。この州はワクチン接種率は他州に比べ、高かったと言う。

インドがCOVID－19に対応する薬剤イベルメクチンの量が十分にあったのは、同国がリンパ系フィラリア症患者の最も多い国の一つで、この線虫症のいわば特効薬として同薬が使われており、これを製造販売する企業も七社ある。

また、アフリカでイベルメクチンがオンコセルカ症の撲滅作戦に使われている国々でCOVID－19患者が少ないことは以前から論文でも発表されていることである。

他にも世界にはイベルメクチンの効果を証明する良い事象がいくつもある。

先般、八月二十五日の日本経済新聞の夕刊の記事で中南米で新型コロナウイルス

（ＳＡＲＳ－ＣｏＶ２）デルタ株が流入している中で感染者が半減している。その原因は地場の変異型が影響かと、報道していた。私は別の考えを持っている。それは、この地域には熱帯病オンコセルカ症撲滅のためにイベルメクチンが使われている国が多く、馴染み深いこともあり、この地域の国々では早くからイベルメクチンをＣＯＶＩＤ－19の予防と治療薬として認可し、使っていたことによると思われる。

　これらの国の他、チェコは早くからイベルメクチンをＣＯＶＩＤ－19の治療薬として認可しており、この国はＣＯＶＩＤ－19を制圧している。

　エジプトとイスラエルの様子も人口を考慮しながら、比較してもイベルメクチンの有効性を物語るように思う。エジプトはイベルメクチンを早期から使っている国であり、イスラエルは、ワクチン接種率が最も高い国と言われているが、新規ＳＡＲＳ－ＣｏＶ２の感染者は、エジプトの方が少ない。目下、我が国でデルタ株が猛威を奮っているが、そのデルタ株の発生したインドで効果が証明されていることを考え、ワクチン接種の推奨と共に、早期に日本においてイベルメクチンを導入して欲しい。

＊このサイエンスエッセイは、米カリフォルニアの新聞ＣＮＰＡに掲載されたJustus R.Hope, M.D. による記事を一部参考にしている。

地球環境問題の行き着くところは？

入道雲の形が近年異常になっている。人類の生業が空の雲の形にまで及んできたのだろうか。

一九七一年にアメリカの東部コネティカット州にあるウェスレーヤン大学に留学したときの事だが、諸々のプラスチック製品の廃棄物が道路わきのいたる所に捨てられていたことを思い出す。この時は何か異様な感じはしたが、地球温暖化など、思いもおよばなかった。しかし、あの頃、地球温暖化が始まっていたのだ。

宇宙探査から始まり、地上では電気自動車（ＥＶ）の開発など、最近の科学技術は飛躍的に発展しているが、いずれも地球環境が破壊されては、人類にとって、元も子もなくなる。自動車のナビゲーター、気象情報などの精度が高くなり、日常生活もずいぶん豊かになっている。これらはロケットの開発も進み、通信技術の進歩の恩恵を受けていることによるが、その便利さの影に何があるかを考えてみると、一概に喜んではばかりいられない。古くなり、故障した宇宙衛星の残骸は消えることなく、宇宙空間を飛び回っている。広い宇宙のことだから、少しぐらいのことは、との思いで始まっていることだが、

「塵《ちり》も積もれば山となる」。

一九九二年のブラジル地球サミットの結果を踏まえ、H・ケンドール博士が起草した「世界の科学者の人類への警告」（"World Scientists Warning to Humanity"）が発表された。そして、二十五年後の昨年（二〇一七年）十一月にこのセカンドノートが発表された。これらには千五百人余名の著名な科学者が署名しているが、人類の未来に向けて真剣に取り組まなければならないことの警告が強く訴えられている。一九九二年の警告にはオゾンホールの破壊、真水の確保、海産資源の枯渇、森林の損失、生物多様性の破壊、異常気象、人口の増加などに関わる危惧が挙げられている。これらのうち、昨年の警告ではオゾンホールのことと、人口増大問題には成果を挙げているが、他は人類の持続的生存からは、ほど遠い状況が続いているという。このような中、地球の酸素の二割近くを供給していると言われるブラジルのアマゾンの熱帯森林を破壊して大豆などの食料増産が中国マネーによって、急激に進められていて、地球環境問題を歯牙《しが》にも掛けておらず、ブラジル政府の環境政策を踏みにじって開発が進められ

ている様子や、政府の関係公舎ビルが焼き討ちにあったり、ブラジルの民間環境団体にあっては、環境がらみの殺人の犠牲者が年間六十名にも及ぶという記事（『選択』二〇一八年二月号）にショックを覚えた。

国際自然保護連合は、既に一九七〇年の時点で一九八〇年を境に地球上の生物が生きていくための環境の浄化能力を超え、既にいろいろな生物が地球上から姿を消し始めているとの危惧を表明している。温暖化問題のわかりやすい危惧は海面の上昇だ。現在のように、年に2ppmずつ残留二酸化炭素が増え続ければ、南北両極の氷が溶けて氷がなかった三千五百万年前の海面に近づいていくという。その海面上昇は数十メートルに及び、南太平洋の島国やオランダ、ベルギーなど、多くの国土の大半が埋没する危機にある。

弱肉強食の生物界にあって、他の種を滅ぼしている生物は人類のみである。一方では、すでにその人類「ホモサピエンス」も絶滅危惧動物の仲間入りをしている。

生物界は微妙な相互関係のバランスによって生き続けるが、一旦、これが崩れると連鎖して消滅へと向かって行く。地球に最初の生物である微生物が生まれたのは、三十五億年前のことだ。そして、人類の先祖が類人猿から分かれたのが四百二十万年前の頃だという。それから長い時間を掛けて知能やいろいろな能力を発達させてきて、現生人類の出現はおよそ二十万〜三十万年前と言われている。この長い歴史の中で、自らの環境を元に戻すことができなくなるほどに破壊するようになったのは、最近数十年のことだ。このまま地球環境の急激な破壊が続いて行くのを防がなければ、地球上は生物誕生の太古に戻り、最後に残るのは深海の高圧下でも、また、摂氏百度以上の高温下でも生息できる極限生物と呼ばれるような微生物など、限られた生物だけになる状況に近づいていってしまう。

このような自然環境が制限不能に陥る前に手を打たなければならないが、トランプ米大統領は、科学者の警告書を無視あるいは信用せず、米国第一に考え、パリ協定から脱退すると表明している。彼を支持する団体は二酸化炭素を排出する企業などで、これらの企業はそれが地球温暖化に関係ないと言っている。

今年（二〇一八年）の度重なる異常な寒波の襲来から地球の温暖化は嘘のように思われがちだったが、七月に入ると四十度を超える地域も出た猛暑には驚かされた。今年も北極の温度が例年になく高温になっているように温暖化は間違いなく進んでいる。対策に手を抜かないことだ。また、最近温暖化被害軽減のため、新法案「気候変動適応法」なるものを閣議決定したことが報じられた。なかなか準備の良いこととは思うが、国際的な働きかけで温暖化を防止する努力を一層進めて行って頂きたいものだ。

では、私自身は？　私の家庭での役割の最重要事項は、資源ゴミと生ゴミなどを分別して決められた所に出して置くことだ。時には生ゴミの袋が重い時がある。これは残飯類だ。これらの量を減らすことから始めなければならない。

ドナルド・トランプさん、アメリカが環境問題を解決する第一の国になってください。習近平さん、人類の唯一の住み家を危機から救えるのはあなたです。お二人とも、遠慮任恕の決断をして、世界に大国としてのリーダーシップを発揮してください。

エンド・ケア・テクノロジーのすすめ

ハイテクの成果ともてはやされて登場した製品やテクノロジーがしばらくすると世の中の厄介者になっているものが多い。そこで、科学技術の最終においても自然界・人類に禍をもたらさないテクノロジーの発展を目指すエンド・ケア・テクノロジー(End Care Technology)を提唱する。

一九七一年から七三年に掛けて米国のコネティカット州にあるウェスレーヤン大学のマックス・ティシュラー教授に招かれて客員研究教授として研究・教育に携わった時、よくキャンパスの近隣へのドライブを楽しんだ。その折に道端にプラスチックのボトルやカップが捨てられていて、アメリカ人は行儀の悪い人間が多いものだと思っていたが、当時、人々はこれらのプラスチック製品はそれまでの紙などと同じように土に還る物と思っていたのかもしれない。当時は丁度プラスチック製品がもてはやされ始めた頃であった。この手軽で便利なプラスチック製品は、今や海洋の環境汚染の最たるものになっている。

アスベストは繊維状のケイ酸塩鉱物で柔軟性を有し、耐熱性に優れ、化学的に不活性であるために保温用や耐火性に優れた材料としてもてはやされ、工業的には蛇紋石から多量に製造された。ところが、この微細な繊維片を吸い込むことによって肺がんや中皮腫《ちゅうひしゅ》などを引き起こすなどと、今は使われなくなっているが、以前に使われた建築材料などの処分に手を焼いている。

火力発電に代わる最新のテクノロジーとして期待されて登場した原子力発電は、使用済みの核燃料に含まれる超ウラン核種や大量の核分裂生成物を含み、この処理をどうするか、世界的に問題になっている。

先日、米国の二人の富豪が自前の宇宙飛行を競い合い一人は成功したと報じられた。いよいよ宇宙を遊び場にする時代が来るようだ。既に地球周辺の宇宙は無数に打ち上げられたロケットや宇宙船などの残骸が放置され、それらも増加の一途を辿《たど》って行くことだろう。人類は地球環境を汚染した結果、洪水が各地に起こり、人命が失われたり、異常な高温により火災が多発するなどの異常気象を引き起こしているのに、懲りずに今度は宇宙をも汚染しようとしているではないか。広い宇宙のことだから一つや二つにとやかく言うこともなかろうと始めた宇宙飛行計画が、現在地球そのものが経験している自然の異常な出来事をやがては宇宙環境にまで及ぼし、ひいては人類そのものが破滅して行くことを誘発し、それを加速して行くことになりはしないか。

そこで、今からでも遅くはない、可能なことは全て行い、後世の人々には住みよい環境を残すことに努めることだ。それにはエンド・ケア・テクノロジーの概念を導入した科学技術の発展を目指すことだ。つまり、新製品等が人類・社会に悪影響を及ぼさないか、またその製品が使われなくなった後、持て余すことにならないか、さらに製品等に含まれる貴重な希少金属が回収されやすい状態になっているかなど、最終の姿をも考慮した科学技術の発展である。

遠い将来起こり得る可能性のある負の遺産まで見越して研究開発したり製品化することは、これまでほとんど考慮されてこなかった。しかし今や科学技術の真の発展は、そこまで見通したものが要求されるようになってきた。過去から未来への時間軸の中で、研究と科学技術の発展は包括的、マクロ的に物事を見て考えることが、研究と新技術の実施現場では全く新しい視点と取り組みになる。研究と技術進展がスピードアップすればするほど、エンド・ケア・テクノロジーの概念が重要視されていくべきであると思う。

世相雑感

最近の戦争や感染症と騒々しい国際社会にあって、メディアの報道に人々はどのように向き合っているだろうか。

米国、エデルマンの調査によると、「米国民の五十九パーセントはジャーナリスト、リポーターらは間違いや誇張とわかっていることを報じることで国民を意図的に欺こうとしている」と考えていた。五十九パーセントは「ほとんどの報道機関は、国民に本来伝えなければならないことを伝えるよりも、特定のイデオロギーや政治的主張を支持することに強い関心を持っていると考えている」とある。これでは、専制政治のやり方と変わりなく、民主主義国家であることをいかに説明したら良いのだろうか。

米国の大手のメディアがこんなことになっているが、海外の情報に疎《うと》い日本人は、おそらく同様な調査をしたなら八十パーセント余りはメディアの対応を信用し、その情報を記憶に留め、行動していることだろう。

今朝のNHKニュースでは、メルク社のモルヌピラビル（コロナウイルス感染症治療薬）についての情報を詳しく報じていたが、この薬の副作用について科学者たちが警告していることには、一切触れていない。民間のテレビ局より多くの時間を割いて、この一製薬企業の薬を取り上げて宣伝している。このモルヌピラビルに何か不都合なことが起こったら、次はどのように報道するのだろう。

この様子はｍ－ＲＮＡワクチンを宣伝し、接種を広めようとしているのに似ている。インドのウッタル・プラデーシュ州（人口二億二千万人）のようにイベルメクチンで鎮静化しつつある国や地域があっても一切報道しないで、ｍ－ＲＮＡワクチンに関しては、ＣＯＶＩＤ－19の鎮静化よりかえって接種率の高い国ほど感染者が増加傾向にあるという思わしくない結果が専門誌などで発表されるようになっても一切報道しない。一方では、国民の関心をワクチン接種と新薬に向けさせようとしている。

我が国の医療行政までもディープステート（ＤＳ）に侵されているのか、と思うことが度々で心も晴れない。

老子の戒めと今日

最近、地球温暖化に関わる問題に加え、プラスチックによって環境汚染がいろいろな場面で話題になっている。捨てられたプラスチック類は、微生物が重要な役割をしている食物連鎖に組み込まれることなくマイクロプラスチックとなって海を汚染している。

先日の新聞に迷子になってタイの環境保護当局に保護され人気を集めているジュゴンの赤ちゃんが死んで、その原因がプラスチックのゴミの誤飲によるものと見られるというニュースが報じられていて、プラスチックによる環境悪化が一層進んでいることを深く感じた人も多いと思う。一方では、ウミガメや海馬《かいば》（セイウチ）、そして海洋哺乳類など二百六十種余にプラスチックが悪影響を及ぼしていると専門家が警鐘を鳴らしている。かつては、フロンガスによるオゾン層の破壊が話題になり、この使用が制限されるようになった例もあるが、科学技術の進歩が予想もしなかった悪影響を人類におよぼすことの例の多いことが気になっている。

しかし、これらの弊害は、目に見えるかあるいは測定により知ることができ、対応も可能であるが、数ある科学技術の進歩がもたらす弊害の中で、私が最も恐れていることは他にある。それは、スマホやタブレットの普及に伴い、人がゲーム依存症に陥るとか、紙上の活字を読まなくなり、人間の想像力の低下をきたすと言われていることだ。これは、科学技術が人間の営みそのものを破壊しつつあることを示している。

先般、ファミリーレストランで昼食をとっている時のことだ。子供連れの三十がらみの母親がテーブルに着くと、早速スマートフォンを取り出して操作に夢中になっていて、子供が着席しても何もすることなく、食事が運ばれてくるのを待っていた。これでは、親子の絆も愛情も薄くなることが必至と思われた。

こんな時こそ、子供との会話を楽しんでもらいたいものだ。

最近、オレオレ詐欺を始め、かつてなかった類の犯罪が携帯電話などの文明の利器の登場によって頻繁に起こっている。このような世相が現れることを、ご存じの中国の哲学者、老子は次のように戒めている。「民に利器多くして国家ますます昏《くら》し」（老子、第五十七章）。文明が進んで便利な道具が増えるほどに社会はますます乱れるということだ。

二千数百年前の老子の戒めは、今の世にも当てはまることだ。文明の利器を用いる犯罪を防ぐための心得などがテレビなどで言いふらされているが、この起こる原因を明らかにし、質すことに英知を結集することの方が大事ではないか。これこそ、現代科学の役目でもあると思う。

Ⅳ

有生の楽しみ

自然と私——自然と親しむ環境を

私は山梨県韮崎《にらさき》市神山町鍋山に生まれ、二十二歳で上京するまでを同地で過ごした。小学生の時には朝には歩いて十分そこそこで登校しても帰りには仲間と共に、武田八幡宮、為朝神社、甲斐武田始祖・武田信義公が築いた白山城のある城山辺りなどを駆け回りながら小一時間かけて帰ってくることが度々であった。

中高生になると、稲作や養蚕の手伝い、植林やもしきを採りに山に登ったりと、寒村の自然豊かな中での生活であった。

先般、光栄にも日本学術会議の栄誉会員に推挙されて、会員の皆様に短い講演をさせて頂くことになった折に小学校二～三年生の頃の自然と関わる農作業の手伝いの話をさせていただいた。

私は農家の長男であり、父からは農業を継がせるべく小学校二、三年の頃から農業作業を手伝いながらいろいろと学ぶことがあった。例えばサツマイモの苗床を作るために、山からたくさんの枯れ葉を集めてきまして苗床に入れて、これに下肥をまく、数日するとぽかぽかと温かくなり湯気が立ち上がってくる。そこに、サツマイモを埋めて、何日か経つとイモから芽が生えてきて、これが二十～三十センチになったところで切り取り、肥沃《ひよく》な畑に植える。すると、やがて根が生え、つるが成長し、根にはイモが着生して大きくなり、このイモを掘り起こすといった一連のプロセスは、自然界の微生物との関わりの中での作業である。

成人して一九六五年（昭和四十年）に北里研究所に入所し、今日まで五十七年間、多くの共同研究者達と共に抗生物質の発見などの研究に携わって来た。一連の研究の中で新種の微生物百種余りを見出し、これらが作り出す第二次代謝産物を五百三十種類ほど発見することができた。そのうち二十六種が医薬、動物医薬、あるいは農薬、そしてまた研究用に市販されて使われており、それらの中に、エバーメクチンと、その誘導体、イベルメクチンの発見と開発がある。この薬は、熱帯病のオンコセルカ症とリンパ系フィラリア症の撲滅作戦に用いられて成果を挙げている。その他、疥癬《かいせん》、糞線虫症あるいは最近になってＣＯＶＩＤ－19の予防、治療薬などと併せると、全世界で恐らく年間六億人余りに使われていると言われている。一方では、研究用にはスタウロスポリン、セルレニン、あるいはラクタシスチンなどがあり、広く生命科学の領域で使われ、これらの領域の発展に貢献している。また、新薬のリード化合物となっている。

以上のように、土壌採取などから始まる一連の研究をしながら、私の研究はお百姓仕事の延長だとか、お百姓さんは科学者だなどと言いながら研究を楽しんで来た。

このように研究をして来た科学者としての過去を振り返った時、米国クラーク大学の初代の総長であったスタンレー・ホールの「自然を愛し親しむことは、全ての学問や宗教の基礎であり出発点である」という言葉を思い出す。子供の頃に微生物に関わる話を父親から聞きながら、サツマイモの苗床作りをした辺りに、私の研究の基礎があり、出発点があったように思われ、感慨深いものがある。そのような経験から、子供の成長に合わせて、出来るだけ早い時期に自然と親しむ環境を整備することは、広く学術の発展に重要なことと思われる。

岡本（東京都世田谷区）の我が家の近くにある九ホールゴルフ場（砧《きぬた》ゴルフクラブ）跡地が緑豊かな広大な都立公園になっている。先日、日曜日に久々に公園へ行ってみると、大勢の子供達の元気な声が響き渡っているのを聞くことができ、晴れ晴れとした気持ちになった。

雪中の青春三話

久々に雪が降った日の翌日のこと、放課後時の経つのも忘れて卓球の練習をした後、日も暮れた学校からの帰り道、韮崎の街外れのパン屋でコッペパンを頬張って腹ごしらえをした上で、武田橋を渡ってしばらくすると暗闇の道の中に入って行く。約一キロほどの登り坂だ。

どこからの光を反射しているのかわからないが、雪が微《かす》かに白く見える。細い道で通い慣れていても一歩足を前に出すのも不安な歩みだ。ようやく村の外れにある外灯の下に辿《たど》り着き、一呼吸してようやく家に近づいていることを感じた。

この帰り道では、普段ほとんどはスキーのことと、卓球のことを考えながら坂道を登るのが常であったが、その日の雪道では足を取られないように歩くことが精一杯であった。この日のこの帰り道のことは、なぜか八十六歳を過ぎた今日でも時々鮮明に思い出しては懐かしんでいる。

冬になると、甘利山でスキーをするのが楽しみであった。学校が休みに入った韮高二年の三月、土曜日に山小屋に泊まるための宿泊代に替わる米を入れ、重くなったリュックを背負いスキー板を担いで、標高差千メートルを一級上の先輩のA氏を含めた五名による登山である。その日は、里には雪がなかったので気楽に出かけたが、山に差し掛かりしばらくすると、雪が積もり始めていた。しかし登山靴はいい加減で、長靴に縄をまいて滑らないようにしておいたりはしていたものの雪中登山の準備としては不完全極まりなかった。それでもスキーの練習の楽しさを思うと、それぞれが我慢しての山登りであった。

普段は雪で覆われた山頂のレンゲツツジの茂みの上をスキーで滑るだが、その日は山道に入ってしばらくする頃から雪が積もり始めていた。雪の山道は、時々顔を出す月の明かりのお陰で足元にはそれほど心配なく、五人共、黙々と足を運んで行った。山を登り始めて一時間程したあたりで、A氏が急に眠いと言い出した。先輩、頑張れ、頑張れと言いながら歩みを続けるように促しているうちに、ついにA氏は座り込んでしまって動かない。高山病だ。ここで休ませると、凍死もあるから、なんとか歩かせようと一人は引っ張り、一人は背中を押して、また一人はA氏のリュックを担ぎ、また一人はスキー板を二台担いでの正に雪中行軍となった。

ようやく登山途中にあるさわら池に隣接して建つ「白鳳荘」に辿り着くことができた。そこで、一時間程、暖を取りながら休むとA氏も元気を取り戻し、それから急な坂道を登って行った。そんなことがあった後でも、スキー場の側にあるシルタル小屋で一泊すると、全員元気溌剌《はつらつ》で、終日、スキーの練習に打ち込むことができた。A先輩はその登山以来、先輩としての威厳は消えて親しみのあるスキー仲間となった。

韮高のスキークラブに高校三年生の時に入れていただいた。このクラブの仲間達とのことで思い出すのは、霧が峰高原での合宿練習の時のことだ。一日のクロスカントリーの練習も終えて、スキーのワックスもトーチランプを使って綺麗に拭き取り、明日の練習に備えた上で、食後、疲れ切って眠りに着いた。その真夜中、先輩に大声で叩き起こされて、五キロメートルほどの山中のコースを走ってくるようにと檄《げき》を飛ばされた。

仲間四～五名が一斉に起き、スキーにワックスを塗り月夜の中一気に走り出した。霧が峰の真夜中、気温は氷点下十五度くらいになっていた。先輩がなぜこんなことを言い出したのか、わからないまま、言われる通りコースに出た。間も無く、鼻毛と睫《まつ》毛《げ》まで氷が付き、手先は感覚を失いながらも必死でコースを一周することができた。

その後、山梨大学に入ってからは、クロスカントリーのメッカ、新潟県池の平の横山隆策先生の門下生となり、本格的に合理的なスキー競技の特訓を受け、県大会で五回連続優勝、国体にも出場するようになった。

今、思うと大変非科学的練習ではあったが、その時の霧が峰での特訓の必死の滑りは、その後も忘れることなく、何か困難に出遭った時には、「韮崎男児、我らは強し、我らは誓う百折不撓《ふとう》」と口ずさんでいる。

天地に万古あるも、この身はふたたび得られず。
人生はただ百年、この日は最も過ぎやすし。
幸いにその間に生まるる者は、
有生の楽しみを知らざるべからず、
また、虚生の憂ひを懐かざるべからず。

洪自誠『菜根譚』より

有生の楽しみ――越前・能登紀行

私の半生の研究は土壌微生物である放線菌にまつわるものが大部分で、この微生物の専門家の集まりの日本放線菌学会が福井市にて開催されることになった。

当初は開会式の折に挨拶をすることを依頼されていたものが新型コロナウイルス感染が収まらず、ズーム会議に変更になる可能性があり、そのため、私はビデオメッセージを送ることで役目を果たすことになった。しかし、当初予定していた、永平寺（福井県）へのお参りをして七尾市（石川県）を訪問することだけは、実行することにした。

永平寺の参拝では韮崎の我が家の菩提寺である願成寺の住職、山本正乗禅師に永平寺へ連絡を頂き、案内役を付けて頂くことができた。おかげで八百年余の歴史ある壮大な境内の内部をつぶさに見学させて頂き、また、参拝することができた。奥深い山に囲まれた古風豊かに連なるように建てられた伽藍《がらん》は何百年もの年輪を重ねた杉の大木などと見事に調和した荘厳な境内となっている。境内を案内頂きながら、いつも枕元に置いている大谷哲夫博士によって著された致知出版社の『道元一日一言』にある「正師を得ざれば学ばざるに如かず」などの名言を思い出していた。そして、高貴な生まれながらも、求道心を持って入宋し、苦難を乗り越えて正師を得、その正伝の仏法を確実に嗣続した道元の生き様に改めて深い感慨を覚えたのであった。国家権力に迎合せず、権勢に近づかず、自己を徹底的に律しながら正伝の仏法を嗣続するために捧げた道元の五十四年の生涯を思うとのうのうと生きてきて、今年は米寿を迎えるなどと言っている我が身が恥ずかしい。

永平寺を後にして七尾市へ向かった。七尾には既に二回訪れていた。最初の七尾への旅は一九七四年の夏のこと、糸魚川《いといがわ》（新潟県）の義兄の案内でドライブを楽しみながら寄った山城七尾城の麓から採取した土壌から、後に抗カビ抗生物質ナナオマイシンを発見した。この動物用の抗生剤は私が最初に実用化することができた思い出深いもので、現在でも使われている代替薬は現れていない息の長い薬である。

次は、ノーベル賞受賞後に、当時定時制七尾城北高校の校長であった山口和人先生の依頼により二十〜三十名の生徒に講演をした時である。これは私が定時制高校の教員をしたことがある縁を基にした依頼であった。年配の生徒を交えた生徒達であったが、真剣に聞いてくれた思い出が残っている。

三度目になるこの度の訪問は郷里の先輩小林一三《いちぞう》（茶人で雅号 逸翁）と畠山一清《いっせい》（即翁）との関係を調べるためのものであった。

事の起こりは港区と品川区にまたがって建てられている畠山記念館が改築・拡大するため、隣接して建てられていた茶室を取り壊すことになったことを我が家の遠縁にあたる当記念館の常務理事を務めていた長田憲幸氏から聞かされたことである。この茶室は、茶人としても有名なばかりでなく、荏原《えばら》製作所の創業者であった畠山一清氏が建てた重要な文化財と目されるものであると、聞かされていた。そこで、これを愚弟の朔平《さくへい》が我々の生家が国の登録有形文化財の指定を受けたことを記念して、その周辺を公園にする事業を始めていたので、この公園内にこの茶室を移築することを提案した。これが受け入れられ、早速解体して韮崎に運ばれ、移築の準備が進められている。

その後、長田憲幸氏から荏原製作所の二代目社長、畠山清二氏は山梨高等工業（現・山梨大学工学部）の出身と聞いて、同学部の助手を二年務めたことのある私との関係を思うと、人々の縁の妙味を思わずにはいられない。

この移築工事の進行に伴ってこの茶室を韮崎市に移築する理念を明確にするために

調査することにした。長田氏からは畠山一清と小林一三との茶人としての付き合いがあったこと、そして一三の句碑が七尾市にあることを聞いていた。

七尾は上杉謙信に滅ぼされた畠山一族の居城のあったところである。そこに小林一三の句碑があるとなれば、畠山一清と小林一三の関係は、かなり深いものであったと考えられた。小林一三は韮崎出身で地域にあっては出世頭として、市民に深く親しまれている人物である。この一三翁と一清翁は茶友で一清の茶室となれば、韮崎市民も喜んで迎えてくれるに違いない。その確たる事実を調べるのが、今回の七尾訪問であった。

夕方永平寺から七尾駅に着くと、私が講演した折には七尾城北高校の生徒会長であった後藤 空君と当時の校長であった山口先生が待っていてくれた。予約して頂いていた和倉温泉の旅館加賀屋に車で案内してくれた。夜には、七尾市商工会議所の会頭大林重治氏が夕食に招いてくれた。同氏が私との会食を希望されたのは、七尾市出身の長谷川等伯《とうはく》を顕彰する「等伯会」の会長を務めておられ、美術好きで等伯を敬愛する私との等伯談議をしたいためのようであった。氏は等伯に関わる調査・普及及び啓発に取り組まれてきて、等伯のことならなんでも話すよといった人物であった。私が上野の国立博物館で桃山時代を代表する画人長谷川等伯の「松林図屏風《びょうぶ》（国宝）」を

小林一三 七尾城吟行の句碑

句碑の由緒と小林一三の略歴

見た時のときめきは、未だに忘れられない。室町時代中期から江戸時代まで、常に日本画壇の中心であった狩野派の絵師たちも当時長谷川等伯の「松林図」を見たものは面食らったことだろう。前回の七尾訪問の折に山口先生より土産に頂いたミニチュアの「松林図屏風」が我が家の奥座敷に飾ってあり、それを見る度に最初に見た時の感動を思い出している。大林氏との会話の中でもこの絵のことを思い出しながら会話を楽しんだ。会食をしながらも等伯のことを一層深く知ることができた。

その談議中に現れたのが、三年前の講演を聞いてくれた後藤君であった。彼はこの旅館の社員になっており真面目な青年であり、彼ともひと時会話を楽しみ励ますことができたことは、先の訪問での講演の取り持つ縁であった。

翌日の朝、小林一三の句碑のある七尾城資料館と二百年前に建てられたという茅葺《かやぶ》きの民家が国の登録有形文化財の指定を受けた「懐古館」の名で整備保存されている場所を訪ねた。句碑と並んで立って出迎えを頂いた市長の茶谷義隆氏の姿が最初に目に飛び込んできた。句碑は私の背丈ほどもある立派な物で、「稲架道を古城にゆくや秋の雨　逸翁」と刻んであった。そこで配布された資料によって、畠山一清、小林一三の濃い繋《つな》がりのあることを確認することができ、今回の旅の成果になった。

七尾城址文化事業団の出版する「七尾」という資料の中に七尾城主の末裔《まつえい》にあたる畠山尚子《ひさこ》女史が同市を訪ねた際に小林一三の句碑の前で小林家とは親戚の間柄であることを語られたという記事が残っていた。ちなみに室町から戦国時代に能登・守護大名であった畠山氏が築いた文化が根付き、今日に伝えられている様子は、人口五万余の七尾市に十四か所もの国の登録有形文化財が存在していることからも窺《うかが》える。

さらに懐古館では、小林一三の「舎己従人」とある書の写しも見せて頂くことができた。一三が残された色紙から逸翁の字を読み取ることができる。畠山一清の日記や関連資料を見ると、小林一三との交遊のみならず、財界の松永安左衛門（耳庵）、服部玄三、五島慶太など名だたる数寄者たちが茶会を通じて有生の楽しみを尊んでいた様子がわかる。財界の大御所等が茶友として気心の知れた間柄を築き、日本経済の発展のみならず、日本の文化の発展にも大きく貢献してきたことを知り、現在の経営者たちにも見習って欲しい。

大林氏の話の中にあった長谷川等伯家の墓のある長寿寺に寄り、住職から等伯の家系とともに、養祖父 無分の涅槃《ねはん》図（複製）の説明を聞き、墓石などを見学した。

次の本行寺では、小崎学円住職の熱心な説明によると、円山梅雪やキリシタン大名高山右近を始め宣教師達などが寺を訪れたという。高山右近との縁を聞き、境内に建立されていた銅像を見せて頂くことができた。隠れキリシタンと言えば、九州島原のことを知るのみで、当地で秘仏などを目にするとは、想像もしていなかった歴史的事柄を学ぶことができた。もし、次回にも訪れる機会があれば、上杉謙信が攻め倦《あぐ》んだという山城として名高い畠山氏の居城七尾城址に登ってみたい。

今回の七尾への旅にはもう一つ重要な仕事が追加されていた。それは、先の山口和人氏が現在石川県教育委員会の主任指導主事をされていて、今回の旅の日程作成に協力を頂いたところ、同氏から私の七尾訪問を知った石川県立七尾高等学校、大西誠校長からの要請で同校で一年生全員に向けて講演することが日程に組み込まれていた。同校は石川県で二番目に古い伝統校とのことであった。そこで、「私の研究と国際貢献」と題して講演した。このことは、翌日の地方紙三紙に大きく報道され、図らずも賑やかな七尾訪問となった。

北陸新幹線で東京駅を九時三十二分に出て、翌日の十九時十二分に東京に帰るという約三十五時間の間に全ての予定を済ませて帰宅したが、何とも慌ただしい越前・能登への有生の楽しみを味わう旅となった。しかし、私の行動を西行や芭蕉が見たら、何と言うだろうか。

女流画家との巡り合い

絵画や陶芸作品を蒐集《しゅうしゅう》する趣味の源は小学生の頃にある。母親が勉強部屋や寝室に雑誌やカレンダーから切り抜いた絵の写真を小さい額に入れて飾ってくれた。これを成人して自分でもやっていた。本物の絵は北里大学の助教授の頃に上司の秦藤樹《はたとうじゅ》先生の所に出入りしていた画商から野田九浦《きゅうほ》の「芭蕉」の掛け軸を一年間の月賦で購入したのが始まりで、その頃から懐具合によって次々と絵画や陶器類を集めていた。鈴木信太郎、荻《おぎ》太郎、森田茂などの気に入った作品を蒐集していた。蒐集に大きな転機が訪れたのは、女子美術大学理事長を仰せつかった同大学が創立百周年を迎えた二〇〇〇年に記念事業の一つに同窓会との共催による同窓生の作品展「ビーナス達の百年」を日本橋三越で開催した時のことである。

作品を次々と見て回っている時、一枚の絵の前で足が止まった。その絵は岡本弥寿《やす》子《こ》の「暁の祈り」であった。破魔矢を持っていて、神社でお参りした帰り道の婦人の姿であり、全体から敬虔《けんけん》な祈りを感じた。このような絵を描ける女性の繊細な感性と技術にしばしば見入っていた。このことに触発されて以降、女性の絵画を蒐集し、女性の画家を顕彰することにした。このことを思い立つと、色々な場面で女流画家との出会いや作品を見る機会が増して行った。このことを思い立つと、女子美百周年記念事業のもう一つの企画は同窓生十名を選抜してリトグラフ集を作り、記念事業の大口の寄付に協力いただいた方々への返礼として差し上げることにした。その中に、その後もお付き合いすることとなった片岡球子《たまこ》、堀文子女史がいる。

片岡球子女史が九十五歳になられた折、横浜美術館で開催された「熱き挑戦、片岡球子の全画像展」の折、理事長としてお祝いに駆けつけたのが初対面で、この折のオープニングのスピーチで「富士山に褒められるように富士山を描き続けたい」と言っていた通り、生涯富士山を描き続けられた。この時以降、折に触れてお目に掛かり、交流を深めた。中でも思い出はその後、神奈川県立近代美術館葉山で開催された「片岡球子白寿展」の折に一通り展示を見せて頂いた後で帰りがけに友人にあの中で、もし機会があって作品を譲っていただけるようになったら「鳥亭鳶馬と二代目団十郎」だ、と言いながら帰った。その後、片岡球子の面相シリーズの一点を収蔵したくなり、画商を通して申し込むと、大村が希望するならこれを持っていくようにと言われたのが、先に私が気に入っていたものだった。以心伝心とは、このことで、有り難いことと思い出の作品として韮崎大村美術館に収まっている。

同じくリトグラフ集に収めることができれば、と希望していたのが、堀文子先生の作品だった。ところが、堀先生に了解を得るのは至難のことだと、女子美関係者が言うので、私が担当してお願いすることにした。早速、吉井画廊の吉井長三さんにお願いして両者の会う酒席を設けて頂き、初対面がかなった。色々な話をするうちに、作品を頂く話より他の話題で意気投合して、それ以来写生旅行や温泉旅行に担当画商さんと共に、誘って頂くことになった。リトグラフ集に「極微の宇宙」が加わったのはそんな交流からであった。

「徳の華」と名付けたリトグラフ集には、その他、三岸節子、大久保婦久子《ふくこ》、丸木俊《とし》といった女流の作家にも作品をお願いして、目標の十点を持って完成できた。その後、惜しくもこのような優れた女流画家三方を失ったが、リトグラフ集は女子美術大学百周年記念事業の成果として、長く女子美の歴史に残ることとなった。

いろいろな折を通じて女流作家の収蔵作品を増やしていくことができた。美術館を訪れてくださる人々に出会うと、八割方が女性で、男性が一人で見えることはほとんどない。通常の美術館でも、この傾向は同様なようであるが、女流作品の常設を謳《うた》った美術館は他に例を見ないことで、韮崎大村美術館は特異なものと思われる。女流画家の名を冠した美術館として、「三岸節子美術館」「秋野不矩《ふく》美術館」「深澤紅子《こうこ》美術館」など優れたものがあるが、多数の優れた女性画家達の絵画を常設で見て頂けるのが特色と言える。他県、遠方からも観光バスが立ち寄ってくれるようになり、田舎にあっても年間四万五千人余の入館者を迎えることができるようになった。この韮崎大村美術館が韮崎市民はもとより、山梨県民の皆様に愛されながら発展していくことを願っている。

百人一首

新型コロナウイルス感染拡大に世界中がかつてない危機に落ち入り、いつもだと今頃は個人的も最も忙しいはずが、諸々の講演やら会議などが取り止めになり、自宅待機を呼びかけられている。そこで、家の中の片付けや書類の整理や読書等で過ごしたり、あたためていたエッセイを書くことにしている。

この様な中で、私の学問の経歴からすれば最も遠い所にあると思われる百人一首のことを学ぼうと、娘に頼んで解説書を取り寄せることにした。直ぐに届けられたのが白洲正子著『私の百人一首』であった。

そもそも百人一首を思いついたのは某菓子店の包み紙に百人一首が印刷されており、これを見ているうちに子供の頃、お正月になると書架から箱に入った「かるた」を取り出しては姉達とかるた遊びに興じたことを思い出したことによる。自身が読み人になることもあるが、多くは姉とかるたを拾うのを競っていた。中学生なので、意味はわからないものがほとんどであったが、読んでいてその調べが好きで百人一首全てを暗記するまでになっていた。

「村雨の露もまだひぬまきの葉に霧立ちのぼる秋の夕暮れ」（寂蓮《じゃくれん》法師）といった歌は、田舎の田んぼの中に立って風景を見て歌にこういう風景を上手に表すものだと、感心したことや、また「春過ぎて夏来にけらし白たへの衣干すてふ天の香具山」（持統天皇）は、中学校の国語の先生の解説を聞いて、目にしみるような清らかな風景を想像したものだ。

歌の解説を読んでいるうちに「心当てに折らばや折らむ初霜の置きまどはせる白菊の花」と謳った凡河内躬恒《おおしこうちのみつね》の歌に出会って郷里の先輩、功刀利夫先生のエッセイの中に同人が受領《ずりょう》として、韮崎市神山町辺りに住んでいたらしいと書いてあったことを思い出した。勅撰「古今和歌集」の編者の一人であったということを知り、当時の韮崎の辺りの風景を想像してみたりした。

それが高校生くらいになると、卓球やスキーなどのスポーツをすることが多く、自然にかるた遊びから遠ざかって行った。

解説書に沿って、天智天皇の歌から一句一句読みながら歌の意味がわかってくると、あの多感な頃にただ暗記し、口ずさんでいた自身が滑稽に思えてきた。熱烈に相手を恋う歌であったり、ふられて嘆いたりの歌が多く、それらを直接詠うのではないので、当時の世の中の有様や山水自然を知らなければ意味が理解できない歌が多い。

また、心情を風景に託して叙情的に詠い上げたり、掛け詞や縁語が実に多様で今読んでもかなり調べるか、解説を読まなければ、全く理解できない歌が多く、少年時代の私に理解できないのはやむを得ないことであった。

白洲正子が百人一首の九十三番の源実朝の「世の中は常にもがもな渚こぐあまの小舟は綱手かなしも」の解説で百人一首の選者である藤原定家が弟子の実朝を嘱目《しょくもく》していたことを表すのに『歌は古きを慕ひ、心は新しきを求め、及ばぬまでも高き姿を願ひて――』という言葉を引用していたが、私の好きな言葉「復古創新」に通じるものであった。

三十八代天智天皇から始まり、八十四代順徳天皇までのいわゆる王朝時代から武家時代に移りゆく時代の五百五十年程の間に登場する天皇を始め貴族やその縁《ゆかり》の歌人達の生き様を白洲正子の歌の解説を通じて学ぶことができたのは楽しかった。

一つ一つを読んでいくうちに、全てを覚えたと自慢していた歌の多くを忘れてしまって、暗唱できない歌が多いのに、自分の老いをつくづく感じることにもなった。

解説書の中で白洲正子は、友人から六十の手習いとは六十になって新しくものを始めることを言うのではなく、若い時から手がけて来たことを老年になって最初からやり直すことを言うのだと言われたと書いている。八十五にして子供の頃のことを取り上げて学ぶことを始めることを何と言うのだろうか。これからいくつかの解説書を読みながら、歌の意味を深く味わう楽しみを見つけた気持ちだ。

敬神崇祖

少し年月は遡るが、二〇一五年の年末、ノーベル賞受賞直後の東京での騒がしい日々を過ごした後、郷里韮崎に帰り自宅の隣の温泉に行くと、その時は面識はなかったが、韮崎市中田町の松雲寺住職の中村信幸《としゆき》先生が私のお祝いにと言って置いて行かれた特製の杖を従業員が渡してくれた。その杖は私の背丈に合わせたかのように長さが合い、使い易いものであった。間もなくこの特製の杖の上部に黒いエナメルで「敬神崇祖」と「恕《じょ》」の文字が書かれてあるのに気がついた。これは、私が度々色紙にも揮毫《きごう》している言葉である。私について知っている方だと思い、直ぐに住所と電話番号を温泉の従業員から教えてもらいお礼を言うことができた。

先生は、駒沢大学や大正大学で教鞭《きょうべん》を執られたり、杏林《きょうりん》大学の教授等を歴任されておられる中国の古典に造詣が深い方であった。その後、度々お目に掛かり、親しく色々と仏教のことや、中国の古典のことなど教えを乞うようになった。

そのような時に、ご令嬢が女子美術大学の卒業生であるご縁で、「南無《なむ》の会」の会長を務めておられた松原泰道禅師から署名入りで何冊かご高著を恵与頂いていた。その一冊、『百歳からあなたへ』と題する本の裏表紙に「松樹千年の翠」と筆で書いて私に贈ってくださった。

その意味は、何かめでたい言葉であるが、ご高名な松原泰道禅師が私にこれを贈ってくださったからには、何かもっと尊い意味があるように思い私なりにこの出典を調べたが見当たらず、中村先生にお願いして調べて頂いた。しばらくして、この言葉は「禅語字彙《じい》」に「松樹千年翠 不入時人意」と出ており、その前の五文字だけをとったものであり、「大自然は常に法を説いていてくれているが、人々が聞く耳を持たなければ何にもならない」ということだと、教えてくれた。早速、気に入ったこの「松樹千年翠」を色紙に揮毫して研究室の職員に配布してあげた。

以前から仏教の伝来から始まり、奈良時代の法隆寺、東大寺、薬師寺、そして唐招提寺などについて、かなり断片的ではあるが、折に触れて学んでいた。ところが、今夏（二〇二二年）は幸運にも突如として奈良仏教の核心に触れる事柄を学ぶ機会が訪れた。奈良の名刹《めいさつ》薬師寺長老、山田法胤老師との邂逅《かいこう》である。二〇一九年二月に早川町（山梨県）の北小学校の校長を務めておられた深澤順美先生からの要望で同町の小中学生全員が集まった所で講演をしたことがある。当時はコロナ禍以前のことで、次々と講演依頼が入り、全ては受けられない中、早川町という山間の子供達への話は私の望むところでもあり、早速講演をして子供達との触れ合いを楽しんだ。

幸運にもこのご縁が思わぬ形で山田法胤老師との巡り合いに繋がることになった。

早川町での講演を深澤順美先生が活字に起こし、使ったスライドの写真も入れて瀟《しょう》洒《しゃ》な講演録を作成してくださった。この表紙に筆で山田老師が味わいのある文字で「私のあゆんできた道」と演題を書いてくださった。そこで、深澤先生と老師との関わりをお尋ねした。先ずは、深澤先生が老師に講演録の原稿を送って、表紙の標題を筆で書いて頂きたいとお願いされると、内容をご覧になり、この表題を書いてくださったとのことである。そこで山田老師と早川町との関わりをお尋ねした。

当初私は、早川町の山奥に奈良田という地名の集落があり、そこの秘湯に孝謙《こうけん》天皇が湯治に行幸されたという伝承があり、これがご縁で山田老師が早川町にいらっしゃって法話されているのかと思っていたが、それは、早川町に来られた直接のご縁ではなかった。

深澤先生は、私が早川町との関わりを知りたいと言っていると山田老師に伝えてくださった。すると、山田老師から直接手紙をくださり、ご縁のいきさつを知らせてく

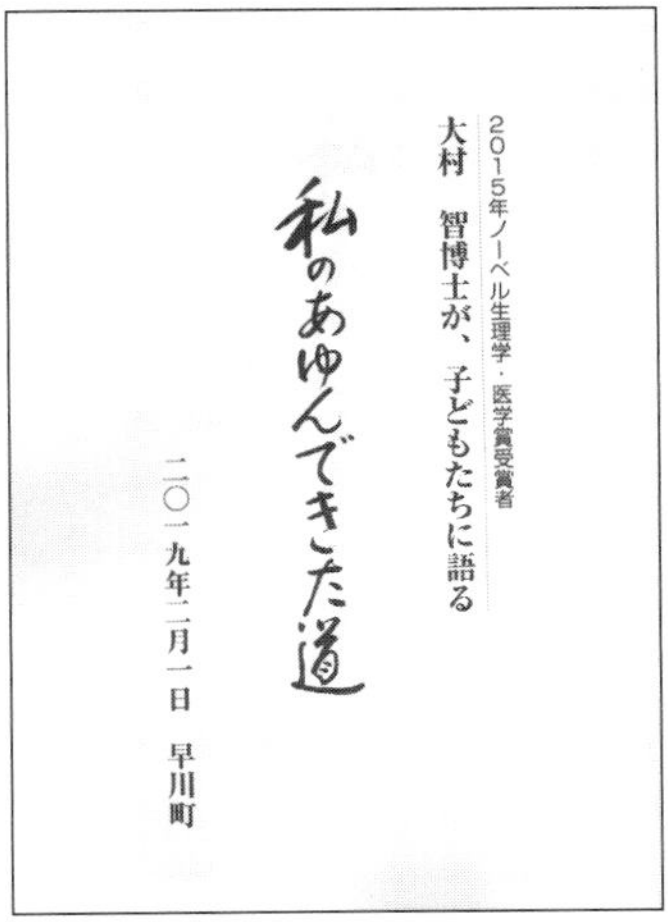
2015年ノーベル生理学・医学賞受賞者
大村 智博士が、子どもたちに語る
私のあゆんできた道
二〇一九年二月一日 早川町

ださった。

東京の人形町でクリニックを開院しておられる佐藤義之医師が山田老師の法話を聞かれ、自身が説いている癌《がん》患者の心の健康に良いということで、山田老師を招いて多くの患者が法話を聞けるよう活動をしておられ、その患者の中に早川町で寿司屋をしている方が老師を早川町にお招きし、町の人達にも法話を聴けるように図られたことが老師の早川町とのご縁となったとのことである。

早川町の辻町長は、善政をもって長期にわたり、町長を務めておられ、全国的に著名な方であるが、佐藤医師の話と山田老師との法話を町民が聴けるように図られて今日に至っている様子を知ることができた。深澤先生も山田老師の法話を聞かれた一人であった。そのご縁が私にまで伝わってきたことを有り難く思っている。

　山田老師が深澤先生を通して会いたいと連絡をくださり、予定では六月十八日に深澤先生の案内で老師は、私が帰っている韮崎までお越しくださることになっていた。ところが、私が原因不明の高熱を出して急遽《きゅうきょ》東京へ帰ることになり、面会が叶わなかった。せっかくの面会の機会を失って残念に思っていたところを再び深澤先生から連絡があり、八月九日に再度機会を頂くことになった。韮崎大村美術館、国登録有形文化財に認定された私の生家と新しい創作庭園「創新苑」などをご覧に入れた上で、我が家にも立ち寄って頂いた。

　老師から個人講話を頂くように奈良の仏教の歴史や寺院の縁起などの数々をお聴きするなど、実に充実した時間を過ごすことができた。お話は我が家でお茶を召し上がって頂いた後にレストランでの夕食時まで途切れることなく明確なお話に感服し、時の経つのを忘れる程であった。話の中で、ご自身が薬師寺の長老の他、行基の寺として知られる喜光寺の住職を兼ねておられ、いろは写経をもって、この寺の再興を果たされた話を熱く語っておられた。

　このように、連綿と続く話の合間に思いも掛けなかったことを賜ることになった。自慢の私の書斎からの眺望をご覧にいれようと客間から案内する折に、仏間に気付かれた山田老師が仏壇の前に進まれて、椅子に座して、八十二歳とは思えない若々しい声で即興のお経を上げてくださった。その内容が我が家の事情に合わせた実に巧妙なもので、さすが天下の名刹薬師寺の長老と心から感服すると共に、感動した。我が家の先祖達も長老の上げるお経にさぞかし驚くと共に、嬉しかったのではないかと思う。私にとっても生涯忘れることのできない好事になった。

今年（二〇二一年）の帰省も色々な出来事に出会ったが、もう一つ特筆すべきことがあった。私が小学生の頃は、朝、学校までは十五分もあれば行くことができたものが、帰りは遠回りして小一時間掛けて道草をして帰ってくることが度々であった。よく寄ったのが、坂道を登ったところにある武田八幡宮と同摂社為朝神社であった。最近になって帰省する度に、そんな頃のことを思い出しながら、お参りをしている両神社が当時とは変わって寂れてきているのが気になった。特に八幡宮の石段が老人には登れない程に崩れてきていた。そこで、神社の氏子総代の江上年秋氏に話を持ちかけ、石段の修理と他の老朽化した建物などの修理をする方策を語り合った。特に今年、二〇二二年は鎮座千二百年にあたる年になるという。そこで、この千二百年式年大祭に間に合うよう募金事業を提案し、賛同を得て活動が始められた。私も提案するからには応分の応援をするつもりでいたところ、「武田の里　武田八幡宮を守る会」

の代表を仰せつかった。これは、いわば募金委員長役である。

募集期間は、令和三年八月から令和五年八月までとなっているが、氏子を挙げて、この目標額五千五百万円の募金活動開始とほぼ同時に始められた石段の伏せ換えと手すりの設置が完成し、帰省中の八月十五日に竣工式が行われた。

内藤神主様に導かれた竣工式を終えて、テープカットの前に氏子総代の後、私が挨拶することになった。竣工の祝いと、関係者の尽力に感謝するとともに、「敬神崇祖」即ち、命をつないでくれた先祖を崇《あが》め、これを見守ってくれた神を敬うという言葉であることを述べ、これこそ、日本の誇る伝統的な精神文化であり、これを未来を担う子供達にもきちっと伝えて行くことが我々の責務であると結んだ。

採点

色々な場面で講演を依頼されるが、受けたからにはしっかりやらなければと、まずは聴衆がどういう方々か、どういうことを私から聞きたいのか、時間などをたずねておき、私が話す内容を整理することに余念無く準備する。

講演が始まると、聞いてくださっている人々が興味を持って聴いてくださっているか否かに気を付けながら話を進める。一通り話を終えたところで、質問を受ける。この質問で私の話が聴衆の期待に合っていたかは、かなり判断できる。ありがたいことに、学校で生徒に話す時には、担任の先生がアンケートを取られたり、生徒の感想文を送ってくださったりする。

講演が終わると、司会（座長）は謝辞と共に講演を終える挨拶をし、講演会を終える。それからまだ私の大事な仕事が残っている。先ず、話の流れを記憶で辿ってみる。すると、あそこでの話の内容はこういうべきだった、あそこで伝えたいことをもっと的確に表現すべきだった、聴衆が話について来なかったので、ジョークでも言った方が良かった、真正面の方が居眠りを始めたのが気になった、時に話題を変えれば良かったと、さらに他のスライドを使った方が良かった、あのスライドを作り直しておく必要がある等々、反省点の数々が出てくる。

次に講演を依頼された時に同じような講演会の主旨の場合を考えて、新たにスライド作成をするとか、直しを入れるかをすかさずやっておかないと、反省点が薄らいでくる。

そして、最後に主なる反省を一、二点メモし、そこで今回の講演の採点をして一区切りとする。その採点で最も重視することは、私の講演が聴衆の時間を無駄に使うことにさせなかっただろうかということである。無駄な時間を費やしたと思う人がいれば、聴衆の人数を思うと、膨大な時間を捨てさせたことになると思う。そこで、採点となると、厳しくなる。

これまでを振り返って記録を見ると、ノーベル賞受賞後の講演の百七十七回で、最高点は八十五点、最低点は五十五点という酷《ひど》いものもある。平均点は八十点に届かない。

墨を用いた抽象表現という新しい芸術を切り拓き世界的に著名な美術家で、昨年

（二〇二一年）百七歳で逝去された篠田桃紅《とうこう》さんは著書『これでおしまい』の中で、「人間の一生はどんなにやってもこれで完璧だということにはならない。人生は未完成ですよ」と言っている言葉に多少慰められはするが、私にとっては叶わないまでも完璧を目指すことは、一つの快楽でもあり、次のステップへの希望の泉となっている。

対談

人生の中心に趣味がある

森孝一・日本陶磁協会常任理事と語る

森　「週刊文春」の大村先生の記事を見た知人から「大村先生の定期入れに日本陶磁協会の会員証が入っている」と連絡があり、早速、会員名簿を確認したら、確かに「大村智」とあるのでびっくりしました（笑）。灯台下暗しとはこのことで、ノーベル生理学・医学賞を受賞された大村先生が当協会の会員だったとは、全く気が付きませんでした（笑）。

大村　私は絵画や陶器が大好きで、「どういいか」と聞かれてもうまくは答えられないけど、ただそういうものを見たりいじったりするのが大好きなのです。私は皇居に十数回伺っていますが、そのうち吹上御所に二回、両陛下からお招きにあずかりました。その時、応接間の一番いいところに島岡達三先生の縄文象嵌《ぞうがん》の大皿がドンと飾ってあったんです。何か親戚を訪ねたような感じで、嬉しくなりました（笑）。

【二】陶芸家・島岡達三との出会い

森　島岡さんの大皿は、よくテレビにも映りますよね。

大村　一番最初に懇意になったのが島岡先生でした。なぜかと言うと、まだ若いころ、英語の勉強をするために「ジャパンタイムズ」を取っていたら、島岡先生の記事が一面に載っていて、先生の作品とその理論が英文で出ていたんです。それで「タツゾウ・シマオカ」という名前が頭に入っていて、そうこうするうちに島岡先生にお目に掛かって、それから亡くなるまでずっと友達みたいな付き合いをしていました。私のところに外国の方が来ると、すぐに益子《ましこ》（栃木県）まで連れて行って島岡先生に会っていただく。すると、島岡先生も心得ておられ、必ず手ごろなお土産を用意してくれる。僕も手ぶらで帰るわけにいかないので買ったりする（笑）。そういう具合で、島岡先生とは仲良くさせて貰《もら》いました。亡くなってしまって、本当に惜しまれます。

森　島岡さんは一九九二年に日本陶磁協会賞金賞を受賞されたので、その後、私もよく益子へ訪ねました。

大村　島岡先生のところには何回も伺って、実際に作品を作るところを見せていただいたり、それから濱田庄司先生の話を聞いたりしました。島岡先生は、今の東京工業大学の窯業科を出ておられるので、きちっとした学問的な知識をお持ちでしたね。

森　東工大では、陶磁学者の奥田誠一先生に教わっています。奥田先生は、東大でも教えているんですが、岩崎家から中国陶磁の名品（静嘉堂文庫美術館の所蔵）を借りてきて授業の時に見せるので、陶磁とは関係のない美術史の生徒までも授業を受けていたといいますから、きっとそういう勉強をされたと思います。

大村　ハーバード大学をはじめアメリカの大学に友人が何人かいるんですが、うちに来て貰うと、私は島岡先生の作品を必ず差し上げるんです。なぜかと言うと、島岡先生は海外でもいろいろ講演されたりしているので英文の解説があるんです。それを貰って付ければ作品についてよく分かりますから、あれは助かりました。普通、日本の陶芸家でそこまでやっている人はいない。私の仲間でノーベル賞を貰ったのが三、四人いますが、みんな私が差し上げた島岡さんの作品を持っているはずです（笑）。

森　どういうものを差し上げたんですか。

大村　象嵌の花入だったり、徳利だったり、いろいろだけれども、日本に来られて何か思い出になるものを差し上げたいという気持ちがある。何だか分からないようなものを差し上げてもしょうがないから、私がある程度評価できるような、こういうものがあったらいいじゃないかというものを差し上げるんです。ある時、ハーバードに招待されて講演したんです。それで一九九一年にノーベル化学賞を受賞したE・J・コーリーという教授の部屋を訪ねたら、一番いいところに島岡先生の作品を置いてくれていました。私が行くからそうしたと思うんだけど、ちゃんと覚えていてくれたんですね。

森　とくに、島岡さんはアメリカやカナダではよく知られているようですね。

大村　ドイツでも結構講演をされている。

森　そうですね。先程、「ジャパンタイムズ」で島岡さんを知ったというお話でしたが、その後、島岡さんのところに行かれるきっかけはなんだったんですか。

大村　日立市（茨城県）に家電の大きな店を持っているおじがいて、「あんたは陶芸が好きそうだから、陶芸の里を紹介してやるから出て来い」と言われて益子まで連れて行かれ、かなり窯元を歩いたけれども、結局欲しいものはなかった。それで、帰ろうと思ったんですが、家内が「あなた、せっかくだから、もう一か所寄りましょうよ」と言うのでもう一軒寄ったら、ちょうど店の真正面に島岡先生の作品がドンと置いてあった。その時は島岡先生の作品とも知らないで、僕は「これだ！」と言って、島岡先生の象嵌のお皿を買いました。それがやきものを買った最初で、それからのめり込んでいったのです。

森　すると、金城次郎さんよりも先なんですね。

大村　ずっと先です。どちらかと言えば私は伊万里とか色絵とかいうよりも、日本陶磁協会賞を受賞された備前焼の原田拾六さんとか、民芸的なものに引かれますね。拾六さんは控えめな人です。われわれにとっては魅力的な人なんだけれども、自分から目立とうという人ではない。何か言うと、ぽっぽっと答えてくれる（笑）。

森　大村先生は、備前や信楽《しがらき》、唐津といったものがお好きですよね。

大村　唐津の中里重利さんの工房にも行きました。

森　あと、西岡小十さんのところにも行かれていますね。

大村　『人生に美を添えて』（二〇一五年　生活の友社刊）という本にちょっとそんなことを書いたかも知れないけれども、中里さんのところへ行って、その後、西岡小十さんのところにも行きました。

森　萩の坂田泥華さん、信楽の高橋楽斎さんのところへも行かれていますね。

大村　そうそう。楽斎さんは何と言うのか素朴な人でね。今もお元気ですか。

森　お元気です。ご子息の光三さんが跡を継いでいます。

大村　光三さんにも会いました。

森　昔は、よく楽斎さんのところに泊めて貰いました。夏に行くと、井戸水で冷やした茶がゆが朝食に出るんです。それに佃煮とか、ほぐした焼き鮭などをトッピングして、二十種類ぐらい出たかな。夏の食欲のない時や窯焚きの時には冷たい茶がゆがいいですよね。

大村　信楽に行って面白かったのは、私が「記念に何か一つ作品をいただきたい」と言うと、楽斎さんが「そのあたりにいっぱいあるから、どれでも選んで持っていっていいぞ」と(笑)。ぐい呑が転がるように、まるで捨てたようにいっぱい置いてある。それで、その中から七つぐらい選んで「これ、みんな貰っていきます」と言ったら向こうも驚いていたんだけど、それで友達のお土産に持っていったりした、そんな思い出もあります。

森　ステテコ姿がよく似合う、飾らない方ですよね。小山冨士夫さんが楽斎さんのところで作陶をされていました。その楽斎さんから聞いた話なんですが、小山さんが酒器を挽《ひ》く時には「まだ堅いな。もう少し酔っ払ったほうがいいな」とか、独り言を言いながら挽いていたそうです。島岡さんはお酒を飲みませんので、島岡さんの酒器はちょっと堅いんです。小山さんの酒器は逆に、少し酔っ払ったような雰囲気の酒器なんです。わざとそういう挽き方をされていたんでしょうね。

大村　私も小山さんの作品を持っています。集めたものをぼちぼち整理しては市に寄付しているんです。今、絵はかなり整理して韮崎大村美術館（二〇〇八年、韮崎市に寄贈）に渡しています。陶芸のほうはまだ片付けておらず、その中に小山さんの茶碗があって、私のお茶の先生が「先生、お茶の器は市に渡さないで、お茶会の時に使いましょうよ」って言うんです（笑）。

【三】魯山人の影の名工　松島宏明

森　『魯山人《ろさんじん》と影の名工 陶工 松島宏明の生涯』（一九九〇年　オスカーアート刊）は非売ですけれども、この本は先生がお出しになったんですか？

大村　これは自費出版です。最初は自分で書こうと思ったのです。もっと暇になる予定だったから（笑）。ところが、どんどん忙しくなってしまったものだから、これは駄目だと思って、私の同級生で学校の先生をしている人（佳川文乃緒氏）がよく文章を書くんで頼んだんです。

森　年譜を拝見すると、松島さんは石川県能美郡白江村字若杉カ七二番地（現・小松市）の出身なんですね。十七歳の時に小山富士夫さんとも会っている。珍しいのは、金沢工業高等学校窯業科卒業後、北海道琴似村北海道工業試験場窯業部に工手として勤務しているんですね。二十九歳の時に、父・小太郎の招きで「魯山人窯芸研究所星岡窯」へ勤務とありますから、親子二代で星岡窯に勤めた。平凡社の社主・下中弥三郎と出会い、弥三郎窯を築くというのも面白いですね。

大村　私の弟・朔平がアマチュア陶芸家として晩年の松島さんに師事していたので、弟に誘われて一度お目にかかったことがあるんです。話を聞くと、荒川豊藏も魯山人のところにいたけれども、みんなそこから出ていってしまった。それで松島さんがとつとつと支えていた。実際、彼が作った作品を見てもいいんですよ。下手な陶芸家より彼のほうがいいんじゃないかと思うところがあったので、「よし、じゃあ、この松島さんを顕彰してやろう」と思って、資料を集めて先の同級生に渡して書いてもらい、私が自費出版したんです。薫君っていう息子さんがおられて、その息子さんはすでに亡くなったけど「蔵に行くといっぱいあるから、どれでもいいから持っていってください」と（笑）。それで蔵を整理して引っ張り出したんです。

森　とても貴重な証言ですね。

大村　『魯山人と影の名工』の口絵に弥三郎窯の写真が載っていますが、結構有名な芸能人の愛好家を集めて下中弥三郎が教えていたのかな。そうやって集まってくるところにこの松島さんが、陰の名工が教えていたのです。そういう中に私の弟もいたということでね。

森　大村先生は絵だけのご趣味かなと思ったら、そうではなくてやきものも大変お好きだと知って驚いたんですが、美術というのは心の栄養になると先生はおっしゃっていますね。確かに、そういう力を芸術は持っていますね。

大村　私が好きな理由は、こういう表現の仕方があるのかというオリジナリティだね。それを見分けるのが好きで、だからサイエンスと同じです。まさに想像力。人まねじゃない。どこかで見たことあるなとなったら、これはアウト。ひと目見て「あ、これは拾六さんだ」と思わせる。それが彼の力です。だから、そういう意味で私は陶芸家でも芸術家でもそういうものが好きで、よくお付き合いもしています。ここのところ二、三年は忙しくて、展覧会もあまり行かれないけれども。よく展覧会も見て歩いたりしていたんです。

森　日本は国土の三分の二が森林で、雨が多いし湿度も高い。だから木の種類もヨーロッパなんかと較《くら》べてとても多い。その上、火山国なので鉱物の種類も多い。そういう意味では、日本という国は土壌が優れている。先生が土壌の中の微生物を探すきっかけになったことと、日本のそうした環境とは無関係ではないんですよね。

大村　いいことを言われますね。本当にそのとおりです。しかも、日本という国は北海道から沖縄の亜熱帯地方まであるでしょう。それからもう一つは、日本ぐらいいろいろな地層の多様性のある国ってそうないんです。アメリカはでかいだけで、どこへ行っても同じような石しかないんです。日本には、もういろいろな種類の鉱物があります。

森　それだけ多様性を持っている土壌なんですね。

大村　そう、多様性がある。

森　やきものの種類が多いのも、そういうことだと思うんです。

大村　そうかも知れないね。ある意味においては、私の分野の仕事には一番恵まれたところで研究できたと思います。

森　大村先生は北里研究所に入って、土壌中の微生物から有用な物質を発見するという研究をされていますが、「日本経済新聞」に連載された「私の履歴書」の中で

「私の研究室では私のコピー人間はつくらない。研究環境とある程度のお金を用意して、あとは自分たちでやってもらうことにしている」とおっしゃっていますね。

大村　とにかく人のまねは絶対にしない。これは芸術でもサイエンスでも同じこと。どこかでやっていれば止めという考えですね（笑）。

【三】二十一世紀は心の時代

大村　日本には、いろいろな特有の文化がありますが、茶道というのは日本のあらゆるものを凝縮していますね。テクノロジーも入っているし、精神活動も入っている。だから、もっと時間があったら私もお茶をやってみたいなと思います。ノーベル賞を貰うと三十分間時間を与えられて、そこでノーベルレクチャーをやるんです。その時にスライドを三、四十枚持っていったんだけれども、一番最後に私が使ったのは茶の湯の写真なんです。それで一期一会の精神をとうとうと述べてきました。茶碗一つにしたって機械でバンバン作ったものと違って、いろいろな人がいろいろな形のものを創っている。そういうものを楽しみながら、なおかつ精神活動もするわけですから、あれはやはり日本でなければできないことでしょうね。

森　茶碗には作った工人、愛玩した茶人の想いが詰まっている。だから、単なるモノではないわけです。

大村　アメリカ人などは、そういったことはちょっと分からないかも知れないね。それでも最近はそういうことに興味を持って、勉強しようという人が出てきていま す。

森　外から眺めたほうが、逆に日本が見えるんじゃないかと思うんです。小林秀雄が十九世紀は「文学の時代」で、二十世紀は「批評の時代」だと言ったそうなんですが、じゃあ二十一世紀は何の時代なんだろうといつも考えるんです。先生は「心の時代」とおっしゃっていますよね。その心を言葉で説明するのは難しいんですが、例えば人への思いやり、自然との共生、一期一会の精神、そうしたものを意識するしないにかかわらず、日本の文化や芸術、とくに工芸には内在しています。それが、先生のおっしゃる「心の時代」なんじゃないかと思います。

大村　そのとおりです。アインシュタインが今（二〇一七年）から九十五年前に日本を四十日ぐらい旅行して、こういうことを言っています。現代はしばらくは戦争をやったりして、そのうち戦争にも飽きてくる時代がきて、その時には盟主が必要だと言うんです。リーダーになる国、それはどこかと言ったら日本だと言うんです。

サイエンスは、アインシュタインが百年も前にいろいろ予測したことが、現在になって証明されています。アインシュタインは、日本の優れた精神文化、これがやがては世界の盟主になる要因だと言っている。そして彼は、われわれは日本という国を神が用意してくれたことに感謝しなければいけないと、言っている。そこで我々もいざなみのみこと、いざなぎのみことに感謝しなければいけない（笑）。

森　縄文一万年もの間、戦争もせず平和に暮らしたということを、今世界の考古学者が注目しています。そこを突き詰めていくと、日本の日本たる意味があると思うんです。それは、とても大きなことだと思います。

大村　私も入学式や卒業式の挨拶などに話すことは、「英語をペラペラしゃべれば国際化だと思ったら大間違いだと。大事なことは、日本の文化をきちっと体験し維持発展させて、それを人にも話ができるようにならなければ駄目だ」と。

森　「私の履歴書」を拝読して思ったのですが、大村先生は、アメリカの製薬会社メルクと組んで寄生虫病に劇的な効果のあるエバーメクチンという新薬を発見し、さらにエバーメクチンを改良したイベルメクチンの動物薬で得られた特許料収入が二十年間で二百億円あまりに達し、それを基に北里研究所の経営を立て直された。そのために財務を学び、大学教授を辞して研究所の副所長に立候補された。これは、なかなかできないことです。偶然、ＢＳで放映された「私の履歴書」の番組を拝見してとても感動しました。

大村　それは、北里先生の実学の精神というものが柱になっているんです。どういうことかと言うと、学者は面白おかしく自分の研究をしているばかりでは駄目だ。それを実地に応用して世の中のためになるということが、学者の役目だと。それを、私は自分に言い聞かせながらやってきた。アメリカから日本に帰る時に、アメリカで本当にいい仕事ができて、いろいろな人との交流もできましたが、日本へ帰った後のことを考えると、とてもそんな状況ではない。「こんなだから仕方ない。じゃあ我慢しようか」ではなくて、私の場合は「じゃあ、ここまでのことができるようにしよう」というところから始めました。だからどういう方法が一番いいかというと、とにかく資金を用意しなければいかんと。それで、いろいろな製薬企業の人と会って、共同研究を提案したところメルクが一番たくさんの資金を出してくれるということと、それから私の恩師がメルクの元所長だったということもあって、メルクと共同研究することを決めました。メルクは、八万ドル、その当時で言うと二千五百万円相当ですよね。それを三年間出してくれることになり、日本に帰って、研究室作りをするんだけれども、なんとそれが二十年間続くんです。二十年間続けたということは、向こうもわれわれの仕事を認めてくれたということです。だから、あっという間に私の研究室は向こうのレベルに到達したので、ああいうエバーメクチンが見つかったわけです。

森　でも、いくら一所懸命にやっても、日本の企業が相手では多分無理でしょうね。

大村　駄目だね。あの薬は、当時の日本の企業とやって仮に見つかっても開発できません。なぜかと言うと、非常に毒性が強いように見えるんです。普通の抗生物質でマウスが半分死ぬぐらいの量というのはどのくらいかを示すと、指標をＬＤ50と言うんだけれども、これが体重一キロ当たり大体二百から三百ミリグラム位でなければ駄目と考えられていたのです。エバーメクチンはＬＤ50が五、六ミリグラムなんです。そうすると、もう毒性が強いように見えてどうしようもない。ところがそうじゃないんです。既存の抗生物質よりはるかに少ない量で効くわけだから、毒性が強いように見えるけれども実際は安全なんです。そういうことで、日本では薬にできなかったと思います。アメリカだからできたんです。その当時、東大あたりの先生方が研究費として使うお金の十倍以上の金を使って、人を育てながら研究を進めたんです。それが良かったんですね。

森　やっぱり最後は人なんですね。いい仕事を残しても、人材を育てなければ、その仕事は生かされないわけですものね。

大村　政治家であり、医者でもあった後藤新平が「金を残すのは下、仕事を残す者は中、人を残す者が上」という言葉を残しています。お金なんか残したって消えてしまう。ところが、人を育てておけば必ず何とかなる。だから、彼の言葉を、私の著書『人をつくる言葉』（二〇一六年　毎日新聞社刊）にも載せています。

森　人を育てることが文化の継承でもあるんですね。

大村　私は人を育てて、共同研究をやっていますが、私に返そうと思うな、世の中に返せと言っているんです。

森　それが大事だと思いますね。

大村　その場では、皆お礼を言うんです。でも、お礼なんか言われても、いずれはいなくなる（笑）。参議院に文教委員会というのがあって、この間、その参議院の皆さんが韮崎の私の家に来てくれたんです。そこで講話をしてくれと言うから話をしたんですが、地方再生、創生と言っても、人づくりから始めなければ駄目だという話をしたんです。

森　「私の履歴書」を拝見しますと、先生を奥様が本当に支えてこられましたね。

大村　私と結婚して間もなく、乳癌が見つかったわけです。三十何年間私と一緒にいたんだけれども、三分の二は闘病生活です。ところが、そういう自分のことは一切口に出さない。とにかく前に前に向かって、人の面倒を見る。北里病院に入院していて抗癌剤を打っていたんですが、点滴を持って入り口にいたので「文子、何やってるんだ」と言ったら、「この病院のお医者さんに診てもらいたい人がいるから、私がちゃんと手続きしてあげたいの」と言うわけです（笑）。

森　自分のことよりも、他人のことをまず考える方なのですね。そういう奥様に支えられて、先生の研究があるんだなと思いました。

大村　私が本当にのるかそるかの大変なところに応援してくれたのです。だから、この間も親戚中が集まって私のお祝いをしてくれたんだけれども、集まってきた親戚の皆さんの顔をほとんど私は知らないんです。冠婚葬祭、お付き合い、すべて彼女がやっていたから。私は長男だから、本当は私がやらなきゃならない。だから、その時つくづくこういうことをやっていてくれたんだなと思った。それにしても六十歳で早く亡くなっちゃった。この間、ＮＨＫのラジオ深夜便で「母を語る」という話（8ページ参照）を三十分ばかりしたんですが、今度は母を語るではなくて「家内を語る」という話をしたいなと思っているんです（笑）。私は研究の他、経営もやったでしょう。潰《つぶ》れかかった北里研究所を立て直すという。それにも彼女が応援してくれたんです。本当によくやってくれたと思う。私の銅像なんかよりも、うちの家内の銅像でも造ってやってくれと言いたいぐらいです。

【四】いい仕事をした人は、いい趣味を持っている

大村　北里研究所を立て直すのは大変だったんだけれども、私は結構楽しんでやっていたんですよ（笑）。

森　先生は朝早くに研究室に行かれるんですね。朝早く起きて出てくると、やっぱり時間の使い方が全然違う。

大村　これは、実家が百姓をやっているからでしょう。百姓というのは僕はある意味ではサイエンティストだと言っているんですが、お百姓さんというのは頭を使わなければやっていけない。いろいろものを知っていなければできないし、自然を知り尽くさなければならないでしょう。ということで、やっぱり百姓に生まれて良かったなと思っています。それで、その時間の使い方は一日遅れたらもう駄目になることだってあるわけです。しかも私は大学時代スキーばかりしていた。スキーで遊んで帰ってくると、その遊んでいた分を取り戻さなければいけない。だから、集中

して勉強しないといけない。私の山梨大学での単位は低空飛行でしたけれども、落とした単位は一つもない（笑）。クロスカントリーでは、山梨県で毎年のように優勝しました。スポーツも研究も、まねではだめなんです。美術品のコレクションも同じです。そして、それを支えているのが趣味なんです。

森　アメリカの一流の経営者は、病院や学校や社会に貢献する慈善事業をしていないと認められない。そして、一流の人はいい趣味を持っている。

大村　いい仕事をした人は、やっぱりいい趣味を持っていますね。「私の半生」という講演をした時に、一番最後に使ったスライドには三角形を描きました。もちろん仕事だから「研究を推進して社会貢献」をしていく。それから「健康管理」。健康でなければ研究はできない。実は私はものすごくいろいろな病気をしてきているんです。それから「一期一会」、人との出会いを大事にする。そして、真ん中に「趣味」がある。真ん中が金色になっているでしょう。これで黄金のトライアングルです（笑）。こんなことを化学の学会で話す人はいません。

森　いないでしょうね。人間にとっていかに趣味が大事かということですよね。いろんなものがコンピューター化していく中で、多分、趣味だけが最後に残るんじゃないかと思いますね（笑）。

大村　美術品のコレクションであるとか、ゴルフをするとか、例えば森さんともこうやってお付き合いができるようになったのも、この趣味がもとじゃないですか。研究にも飽きてくると、趣味を生かせばこれまた次に進むことができるわけです。

森　すごくいいお話ですね。

大村　「頭がもう参っちゃったな。じゃあ、少し頭を冷やそう」という時は、美術品を引っ張り出して眺める。これが私の黄金のトライアングルなんです。そういう話を最後にして終わるんです。

森　このインタビューの最後も、同じですね（笑）。

大村　日本化学会などの学会でこういう話をするというのはおそらく私ぐらいのものです。

森　そうかもしれませんね（笑）。本日は大変お忙しい中、貴重なお時間を取っていただき有り難う御座いました。

おわりに

エッセイ、インタビュー等を一冊のまとまった本にする試みを、致知出版社の小森俊司氏には私の意を受けて多岐に亘る内容を整理して頂き、読者は目次の中で興味ある箇所から読んで頂くことができるようになっている。

本の題名「縁尋機妙」は、私のことをよく知る藤尾秀昭致知出版社社長に付けて頂いた。

全体を眺めると、内容が部分的に繰り返す箇所も見られるが、話の流れの中で欠くことができない部分であると思われる。

この本の出版を快諾頂いた藤尾社長にお礼を申し上げますと共に、編集および校正等でお世話になった小森様を始め、致知出版社関係各位に感謝いたします。

令和五年五月

大村　智

【初出一覧】

Ⅰ　私が歩んできた道

インタビュー●わが人生の原点……月刊誌『ラジオ深夜便』二〇一七年四月号「母を語る　母の生きざまを道しるべに」（ＮＨＫ財団〈旧ＮＨＫサービスセンター〉）

インタビュー●私の半生を振り返って……季刊誌『ピペット』Vol.16 夏号、Vol.17 秋号（一般社団法人日本臨床衛生検査技師会）

講話●夢を持って不動心で生ききる……月刊『致知』二〇一七年六月号（致知出版社）

対談●人のために役立つことを——横倉義武・日本医師会会長と語る……『日本医師会雑誌』第１４５巻・第10号（日本医師会）

Ⅱ　人を育てる

講話●山梨県立韮崎高等学校百周年記念式典……配布資料

インタビュー●地域と自然の中で情緒を育む……『月刊社会教育』二〇一八年十一月号（旬報社）

インタビュー●日本の国力をもっと上げる秘訣……月刊『選択』二〇一八年一月号（選択出版）

インタビュー●小学校に理科専門教師を配置せよ……月刊『文藝春秋』二〇一八年三月特別号（文藝春秋）

インタビュー●高い山を乗り越えて初めて事は成る……月刊『致知』二〇一二年五月号（致知出版社）

未来をになう少年達へのメッセージ……配布資料（未発表）